Monarch, the Big Bear of Tallac

Monarch, the Big Bear of Tallac

탈락 산의 제왕

어니스트 톰슨 시튼 지음 | 장석봉 옮김

궁리
KungRee

일러두기

· 이 책은 『Monarch, the Big Bear of Tallac』(Charles Scribner's Sons,1904)을 우리말로
옮긴 것입니다.

독자들에게

    이 책을 탈락 산 소나무 숲 모닥불 옆에서 이 영웅적인 이야기를 들으며 보냈던 그 시절에 바친다.

    즐거운 기억들이 그 장면들을 살아 있는 듯 생생하게 지금 내 눈앞에 그려 내고 있다. 나는 그들, 체구가 작고 홀쭉했던 한 사람과 키가 크고 억세며 선두에서 거친 산사람을 이끌던 또 한 사람이 앉아 있는 것을 본다. 그들이 내게 이 이야기를 해 주었다. 완전한 형태의 이야기도 아니었고 때로는 한 문장에 지나지 않는 이야기도 있었다. 그들은 기꺼이 이야기를 해 주었지만 말주변이 없어 그 이야기를 어떻게 해야 할지를 몰랐다. 그들이 한 말, 그리고 그들이 사용한 단어들은 주름진 입술, 숙달된 기술로 야만적으로 반쯤 그르렁대듯이 웅얼거리는 절제

된 말투, 손목을 잡아채고 당기는 동작, 푸른 기가 돌며 번득이는 회색 눈동자가 아니었다면 글로 옮기기에는 부적절할 정도로 의미 없고 공허한 말이 되었을 것이나. 사실 그들이 전해 준 말들은 단지 제목에 불과했다. 그날 밤의 또 다른 미묘한 주제는 그들 자신의 이야기였다. 그 주제는 이야기 안에 명확히 드러난 것이 아니라 그 밑바닥에 깔려 있었다. 나는 사냥꾼의 거친 이야기를 들었다. 나는 폭풍우 속에서 밤새가 노래하는 소리를 듣듯이, 돌무더기에서 황금빛을 보듯이 그들의 이야기를 들었다. 그들의 이야기는 평원을 찾았을 때 사라지는, 산에서 생겨난 우화 같은 힘이 있었기 때문이다. 작은 씨앗에서 거대한 삼나무가 자라는 듯한, 눈송이 하나가 눈더미를 만들고 급기야 눈사태를 일으켰다가 저 아래 평원을 휩쓸고 사라지듯이 말이다. 그들의 이야기는 우리 발 아래를 흐르는 작은 물줄기가 자라나 실개천을 만들고 멀리 탈락 산의 골짜기를 흐르다가 개울과 시내, 작은 강으로 자라나 마침내 평원을 가로지르는 거대한 강이 되어 마지막 여정을 끝내는, 현자만이 믿을 수 있는 아주 기묘한 이야기였다. 그렇다. 나는 그 강을 본 적이 있다. 그 강, 아주 멋진 그 강, 멈추지 않는 그 강, 그러나 결코 바다에 닿지 않는 그 강은 지금도 존재한다.

나는 내가 들은 그대로의 이야기를 독자들에게 전하지만, 한편으로는 그 이야기를 전할 수가 없다. 그들의 이야기는 글로 표현될 수 없는 말들이기 때문이다. 나는 단지 서툰 번역만을 해 줄 수 있을 뿐이다. 나는 서툴지만 경의를 다해 산사람의 불굴의 정신을 존중하며 자연이 부여한 힘의 상징인 이 엄청난 동물을 찬양하며, 마침내 이 둘이 만났을 때 보여 준 충돌, 영웅적인 투쟁을 사랑하고 존경한다.

서문

제왕의 이야기는 개인적 경험과 그 외 여러 출처를 기반으로 쓴 것이고, 그 곰은 이야기를 구성하는 데 없어서는 안 될 주인공이다. 아직 골든게이트 공원의 우리에 어슬렁거리는 거대한 회색 제왕이 이 이야기의 핵심이다.

이 이야기를 하는 과정에서 나는 두 가지 재량권을 발휘했다.

첫째, 나는 내 영웅에게 특별한 개성을 부여했다.

둘째, 나는 같은 종류의 동물 여러 마리가 했을 모험들을 한 마리 동물에게 배정했다.

이 이야기의 목적은 주목할 만한 곰 특유의 매력과 더불어 그 회색곰의 삶을 그리는 것이다. 그 의도는 알려진 진실을 전달하려는 것이다. 내가 재량권을 행사했다는 점에서 이 이야기는 순수과학 목록에서 빠져야 한다. 오히려 곰의 삶을 다룬 역사 소설로 고려되어야 한다.

　여기 나오는 앞부분의 모험들은 다른 여러 곰들과 관련되어 있지만, 마지막 두 장, 곰의 포획과 절망을 그린 부분은 내 친구인 산사람 둘을 포함해 몇몇 사람의 목격담을 들은 그대로 쓴 것이다.

->>>> 차례 <<<<-

· 1 ·

두 개의 샘

시에라 산맥의 봉우리들 위로 탈락 산이 음울한 모습으로 서 있다. 해발 3천 미터 위로 머리를 곧추세우고 있는 이 산의 북쪽에는 사람들이 타호 호수라고 부르는 광대하고 멋진 터키옥이, 그리고 북서쪽으로는 소나무 바다 건너 거대한 흰색 자매인 백설의 샤스타가 있다. 돛대처럼 생긴 소나무들에는 보석들이 매달려 있고, 불교도들이라면 신성시했을 강들이 흐르며, 그리고 아랍인들이라면 경외심을 품었을 언덕들이 있어 어느 쪽에서 보든 멋진 경치였다. 하지만 랜 켈리언의 예리한 눈은 다른 것들을 향해 있었다. 생명과 빛 그 자체에서 얻을 수 있는 어린아이 같은 즐거움은 이미 사라지고 없었다. 그가 받은 훈련은 그런 것들을 하찮게 여기도록 만들었다. 풀 따위가 무슨 가치가 있겠는가, 그런 것은 세상 어디에나 널리 있는 것을. 공기가 무슨 가치가 있겠는가, 그런 것은 어디에나 엄청나게 많은 것을. 생명에는 무슨 가치가 있겠는가, 살아 있는 모든 것은 다른 생명을 빼앗지 않고는 살아갈 수 없는 것을. 그의 감각은 예리하게 벼리어 있었다. 언덕에 걸쳐진 무지개 때문도 아니었고, 보석처럼 빛나는 호수들 때문도 아니었다. 그의 감각을 예민하게 깨우는 것은 매일처럼 맞서야 하는 살아 있는 것들, 즉 그 자신의 목숨이 걸린 목표물 때문이었다. 사냥꾼의 태가 그의 가죽옷과 갈색 얼굴, 유연하고 강인한 그의 자세, 맑게 빛나는 회색 눈동자에 드러나 있었다.

양쪽으로 갈라진 화강암 봉우리는 그냥 지나칠 수 있어도 풀밭에 난 미세한 자국은 그냥 지나칠 수 없었다. 움푹 들어간 그 자국의 한쪽 끝이 조금 더 넓다는 것은 캘리퍼스로 재도 알 수 없었을 터이지만, 사냥꾼의 눈은 그것을 알아챌 수 있었다. 조사를 계속한 그의 눈에 또 다른 것이 눈에 띄었다. 이번에는 좀 더 작은 흔적들이었고, 그래서 그는 커다란 곰과 새끼 둘이 지나갔지만 밟힌 풀들이 여전히 펴져 있는 것으로 보아 아직은 가까운 곳에 있다는 것을 알 수 있었다.

랜은 사냥용 조랑말을 타고 추격을 계속했다. 조랑말은 코를 킁킁거리고 불안해 하며 발을 옮겼다. 회색곰 가족이 가까이 있다는 것을 랜만이 아니라 녀석도 알고 있었기 때문이다. 그

들은 사방이 탁 트인 고지대와 이어진 곳에 도착했다. 그 5, 6
미터쯤 앞에서 랜은 미끄러지듯 말에서 내려선 다음 고삐를 내
려놓았고, 조랑말은 그것이 이제 거기에 꼼짝도 하지 말고 서
있어야 한다는 신호임을 잘 알고 있었다. 랜은 총을 챙겨서 고
지대 쪽으로 올라갔다. 조심스레 꼭대기까지 올라가자 곧 어미
회색곰과 새끼 곰 두 마리가 보였다. 총에 맞을 불쌍한 처지가
된 것도 모른 채 어미 곰은 50미터쯤 떨어진 곳에 누워 있었다.
랜은 어깨를 겨냥해 총을 쏘았다. 조준은 제대로 되었지만, 곰
은 살갗밖에는 다치지 않았다. 어미 곰은 두 발로 벌떡 일어나
연기가 올라오는 곳을 향해 몸을 돌렸다. 곰은 50미터를 달려
와야 했고 랜은 15미터만 도망가면 되었지만 곰이 비탈을 빠르
게 달려 내려오는 바람에 랜은 간신히 말에 올라탈 수 있었고
말은 겁에 질린 채 100미터를 단숨에 달려 나갔다. 어미 회색
곰은 거의 옆에까지 쫓아와 덤벼들었지만 랜은 매번 간발의 차
이로 피할 수 있었다. 하지만 회색곰은 그런 굉장한 속도로 수
백 미터를 계속해 달리지를 못한다. 말은 전속력으로 내달렸고
털복숭이 어미 곰은 뒤처진 채 추격을 포기하고 새끼들에게 돌
아갔다.

    녀석은 나이 든 곰으로 생김새가 유달랐다. 가슴 한 부분이
하얀 털로 덮여 있었고 볼과 어깨 부분도 일부 하얀 색
이었지만 다른 나머지 부분으로 가면서 짙은 갈색

회색곰이 비탈을 내려오자 조랑말이 겁에 질려 날뛰었다.

을 띠었기 때문에 이후로 랜은 녀석을 '얼룩이'로 기억했다. 녀석에게 거의 잡힐 뻔했던 랜은 언제든 녀석에게 복수하리라 마음먹었다.

일주일 후 기회가 왔다. 양쪽 대부분이 온통 바위로 이루어진 좁고 깊은 계곡인 포켓 협곡 언저리를 지나다 멀리 있는 어미 얼룩이 곰과 갈색 새끼 곰 두 마리를 본 것이다. 녀석은 반대편으로 쉬이 올라갈 수 있는 낮은 곳을 찾아 협곡을 건너는 중이었다. 녀석이 물을 마시려고 맑은 내에서 멈추었을 때 랜은 총을 쏘았다. 총성이 나자 얼룩이는 새끼들 쪽으로 돌아서 한 마리씩 발로 치는 식으로 새끼들을 나무 위로 쫓아 올렸다. 두 번째 발이 녀석에게 맞았지만 녀석은 아랑곳하지 않고 비탈길을 맹렬히 뛰어올라왔다. 어떤 상황이 벌어졌는지를 모두 파악한 녀석이 사냥꾼을 잡아 없애기로 마음먹은 것이다. 녀석은 부상을 입은 몸으로 콧김을 내뿜으며 무서운 기세로 급경사를 올라왔지만, 최후의 총에 머리를 맞아 포켓 협곡 바닥으로 굴러 떨어져 죽어 나자빠졌다. 사냥꾼은 녀석이 완전히 죽었다는 확신이 들 때까지 기다렸다가 가까이 다가가 몸에다 한 방을 더 발사했다. 총을 재장전한 후, 새끼 곰들이 올라가 있는 나무까지 조심스럽게 비탈길을 내려갔다. 새끼 곰들은 그가 다가가자 천진난만하게 바라보다가, 그가 나무 위로 오르기 시작하자 더 높은 곳으

로 올라갔다. 거기서 한 녀석은 애처롭게 칭얼거렸고, 다른 한 녀석은 성난 듯이 그르렁거렸는데, 그가 가까이 갈수록 더욱 격렬한 반응을 보였다.

그는 억센 줄로 매듭을 지어 새끼 곰을 차례로 걸고 땅으로 끌어내렸다. 한 녀석이 그에게 달려들었다. 덩치는 고양이보다 좀 큰 정도였지만 끝이 갈라진 나무때기로 녀석을 저지하지 않았더라면 그는 심각한 부상을 입었을 것이다. 그는 질기면서도 낭창한 나뭇가지로 새끼 곰들을 묶어 곡물 자루에 넣고는 말을 타고 자신의 오두막으로 돌아왔다. 그러고는 새끼 곰들을 목줄과 사슬로 매어 기둥에 묶어 놓았다. 녀석들은 기분이 내키면 기둥 꼭대기에 기어올라 앉아 으르렁거리거나 칭얼대기도 했다. 처음 며칠간은 새끼 곰들이 질식해서 죽거나 굶어죽을 염려가 있었다. 그러나 결국 녀석들은 방목해 기르던 암소로부터 짜낸 우유를 조금씩이나마 먹을 수 있게 되었다. 암소는 이런 용도로 매어 놓은 것이었다. 또 다른 한 주가 지나면서 녀석들은 자신들의 처지를 어느 정도 받아들이는 듯싶었고 그때부터는 자신들을 포획한 사냥꾼에게 배고프고 목이 마르다는 의사를 솔직히 표시했다.

그러는 동안에도 지금 두 줄기 실개천은 햇볕 아래 흥겨이 모래톱을 건너뛰며 산을 따라 나란히 흘러가면서 이내 몸을 부풀리고 깊이를 키워 갔다. 비록 작은 둑에 잠시 흐름을 저지당

하기도 했지만 그것마저 타넘고 좀 더 큰 것들을 품고 있는 못
과 소와 함께 흘러내렸다.

· 2 ·

샘과 광부의 댐

　그 사냥꾼은 새끼 곰들에게 각각 잭과 질이라고 이름을 지어 주었다. 사나운 질은 녀석이 애당초 보여 주었던 거친 성격을 고치려 들지 않았다. 사람들이 먹이를 주러 올 때마다 녀석은 되도록이면 기둥 높이 올라가 으르렁대거나 겁에 질려 샐쭉한 표정으로 앉아 있었다. 반면 잭은 기둥에서 내려와 나지막이 으르렁대며 목줄이 팽팽하도록 사람들을 반기고는 음식을 게걸스럽게 먹어 댔다. 녀석은 여러모로 녀석만의 독특한 행동거지를 보여 주었는데 동물이 유머 감각이 없다고 말하는 사람들에게 좋은 반박 거리가 될 정도였다.

　한 달이 지나자 녀석은 몸이 훌쩍 자랐고 목줄을 풀어 맘껏 뛰놀도록 해도 될 정도로 사람을 따랐다. 녀석은 개가 그러하듯 주인을 쫓아 다녔고 켈리언과 산중의 몇몇 친구들이 매번 재미있어 하는 재주와 우스꽝스런 짓을 해댔다.

오두막 아래 개친이 흐르는 지대기 랜이 겨울 내내 두 조랑말에 먹일 건초를 거두고 있는 초지였다. 올해도 건초를 거둘 날이 되자 잭은 여느 날처럼 랜을 따라나섰다. 녀석은 랜을 쫓아 다니며 위험할 정도로 낫에 가까이 다가가 냄새를 맡아 보거나, 한 시간씩 몸을 웅크리고 앉아 땅다람쥐나 북미다람쥐의 위협적인 공격으로부터 끈기 있게 몸을 지켰다. 어쩌다 랜이 꿀벌 집을 찾아내면 재미있는 일도 벌어졌다. 당연히 잭은 꿀을 좋아했고 꿀벌 집이 무엇인가를 꽤나 잘 알고 있었으므로 "꿀이다. 잭, 꿀이야."라는 부름에 어기적어기적 몸을 흔들며 잽싸게 꿀벌 집 쪽으로 뛰어오곤 했다. 녀석은 기쁨에 겨워 코를 치켜들고서는 조심스레 꿀벌 집으로 다가가곤 했다. 벌이 침을 쏜다는 사실을 알고 있었기 때문이다. 녀석은 기회를 엿보다가 앞발로 교묘하게 벌들을 때려잡았다. 냄새를 맡아 상황을 파악하면서 조심스레 벌집을 휘저어 죽을 줄 모르고 달려드는 마지막 한 마리 벌까지 처리하곤 했다. 잭은 열두어 마리씩 떼 지어 있는 벌을 처리하고 나서 조심스레 벌집을 헤쳐 먼저 꿀을 먹고, 다음으로 알과 벌집을 먹고는, 마지막으로 여물통에 주둥이를 박은 새끼 돼지처럼 뱀같이 길고 붉은 혀를 바삐 내두르고 턱을 움직여 자신이 처리한 벌을 욕심껏 목구멍으로

22

잭은 배가 풍선마냥 부풀어 오를 때까지 먹어 댔다.

삼키곤 했다.

랜과 가장 가까운 이웃인 루 보나미는 전직 카우보이이자 양치기로 지금은 광부 일로 능력을 보이는 있는 사람이었디. 그는 개 한 마리를 키우며 켈리언의 오두막 아래로 1.5킬로미터가량 떨어진 판잣집에서 지내고 있었다. 보나미는 잭이 '벌 떼를 때려잡는 묘기'를 본 적이 있었다. 어느 날 그는 켈리언의 오두막으로 와 "랜. 잭 좀 데려와 봐. 재미있는 걸 보여줄게."라고 했다. 그는 숲 속의 개울로 길을 안내했다. 켈리언은 그를 따라갔고 잭은 가끔씩 코를 끙끙거리며 냄새로 주인의 발을 확인하면서 그 뒤를 뒤뚱뒤뚱 쫓아갔다.

"저것 봐, 잭. 꿀이야, 꿀!" 하며 보나미는 나무 위에 지어진 커다란 말벌 집을 가리켰다.

잭은 한쪽으로 머리를 젖혀 올리며 코를 벌름거렸다. 윙윙거리며 나는 모습이 영락없는 벌이었지만 녀석은 그런 형태의 벌집이 그런 장소에 있는 것을 본 적이 없었다.

하지만 녀석은 나무줄기를 잽싸게 기어올랐다. 사내들은 기다렸다. 랜은 새끼 곰이 저런 위험한 짓을 하도록 놔두어도 되는지를 고민했지만, 보나미는 새끼 곰이 '놀라서 펄쩍 뛰는 모양새'가 아주 재미있는 일이 될 것이라고 우겼다. 깊은 물 위에 높이 말벌 집을 달고 있는 가지에 다다른 잭은 조심스레 말벌 집으로 접근했다. 녀석은 이런 모양의 벌집을 본 적이 없었

"꿀이야, 재키. 꿀이야."

다. 냄새마저 심상치 않았다. 그래도 녀석은 앞으로 한 걸음 더 내딛었다. 엄청난 벌 떼가 모여 있었다. 또 한 걸음을 내딛었다. 틀림없이 벌 떼였나. 너식은 신중하게 또 한 걸음을 내딛었다. 벌은 꿀에 다름 아니었다. 거대한 벌집이 지척에 오도록 녀석은 좀 더 다가섰다. 벌들은 성이 나서 윙윙거렸고 심상찮은 느낌에 녀석은 뒤로 물러섰다. 사내들은 낄낄대며 웃었다. 그때 보나미가 의뭉스럽게 넌지시 말했다. "꿀이야, 잭. 꿀이야!"

운이 따르려는지 녀석은 의심을 풀지 않은 채 천천히 다가갔다. 녀석은 조급한 마음을 억누르며 움직임도 자제한 채 벌 떼가 벌집으로 다시 들어가기를 한참 기다렸다. 다시 잭은 코를 치켜들고 불길한 말벌 집 바로 위까지 천천히 다가갔다. 기회를 엿보던 녀석은 앞발을 내뻗어 뿔처럼 단단한 발바닥으로 벌집의 입구를 막고는 다른 다리로 벌집을 감싸 쥐었다. 그러고는 밑의 못으로 머리부터 뛰어들었다. 온전한 벌집을 움켜쥔 채로 말이다. 물에 뛰어내린 녀석은 즉시 뒷발로 벌집을 차며 부수었다. 녀석은 벌집을 잠시 방치하다가 물가 쪽으로 후려쳐 날렸다. 누더기가 된 벌집은 흐르는 물을 따라 아래로 떠내려갔다. 녀석은 벌집을 쫓아 달리다가 벌집이 얕은 여울에 걸리자 재차 물속으로 뛰어들었다. 말벌들은 물속에 빠져 죽었거나 물에 흠뻑 젖어 있어 이제는 위험한 상대가 전혀 아니었다. 녀석은 전리품을 챙겨 의기양양하게 물가로 올라갔다. 물론 실망스럽게도 꿀은 없었다. 그래도 벌집에는 통통하게 살이 오르고 상태가 좋은 애벌레들이 잔뜩 차 있었고 잭은 배가 풍선마냥 부풀어 오를 때까지 먹어 댔다.

"이건 어찌된 노릇인가?" 랜이 낄낄댔다.

"우리가 웃음거리가 된 거지." 보나미가 얼굴을 찡그리며 대답했다.

숭어 못

이제 잭은 억센 새끼 곰으로 자라났고 보나미의 오두막까지 켈리언을 쫓아다니곤 했다. 어느 날 사내들은 녀석이 머리를 발꿈치에 굴려 가며 흥겹고도 유난스레 노는 것을 지켜보았다. 켈리언이 친구에게 말을 건넸다. "나는 걱정스러워. 숲에서 녀석을 우연이라도 마주친 누군가가 야생 곰으로 오인해 총을 쏠까 봐 말이야."

"그러면 양처럼 녀석에게도 귀표를 해 주지 그러나." 양치기가 제안했다.

이렇게 해서 잭은 의지와는 상관없이 귀에 구멍이 뚫렸고 경품으로 받은 양처럼 귀걸이 장식을 달게 되었다. 의도는 좋았지만 그것들은 장식 효과도 없었고 또 불편했다. 잭은 며칠을

두고 귀걸이와 씨름을 했고 급기야는 왼쪽 귀걸이
에 나뭇가지를 걸어 끌고 돌아왔다. 켈리언은 서둘러
귀걸이를 제거해 주었다.

녀석은 보나미의 집에서 새로운 인연을 맺게 되었는데 그중
한 놈은 아는 사람의 부탁으로 보나미가 기르고 있는 늙은 양
이었다. 거드름을 피우며 맴맴 울어 대는 이 놈 때문에 잭은 무
엇이든 양 냄새를 풍기는 것을 혐오하게 되었다. 그리고 또 한
놈이 보나미가 기르고 있는 개였다.

이 개는 동작이 잽싸고 요란스럽게 짖어 대는, 썩 정이 가지
않는 잡종개였다. 놈은 잭의 뒷발을 덥석 물고는 잭의 앞발이
미치지 않는 곳으로 껑충 뛰어 달아나는 것을 좀체 맛볼 수 없
는 재미로 여기는 듯했다. 재미는 재미로 끝내야 한다. 그런데
이 귀찮은 짐승은 멈추어야 할 때를 분별하지 못했다. 잭이 보
나미의 오두막을 처음 찾았을 때와 두 번째 찾았을 때 이 개의
난폭스런 장난이 분위기를 꽤나 망쳐 놓았다. 잭이 놈을 잡을
수 있었다면 잭은 만족스런 기분에서 그 일을 덮고 넘어갈 수
있었을 테지만 녀석이 놈을 잡기에는 동작이 굼떴다. 귀찮음을
피하는 길이라곤 나무 위로 올라가는 것뿐이었다. 녀석은 보나
미의 오두막에 얼씬하지 않는 게 상책임을 이내 알아차렸다.
그 후부터 잭은 주인이 보나미의 오두막으로 발걸음을 옮기면
"미안하지만 나는 안 갈래."라는 표정을 짓고는 뒤를 돌아 유유

히 집으로 사라졌다.

하지만 녀석의 적은 보나미를 따라 가끔씩 사냥꾼의 집으로 왔고 새끼 곰을 놀리는 재미를 만끽했다. 흥미롭게도 개는 재미를 보고 싶으면 혼자서도 잭을 찾아가면 된다는 사실을 깨우쳤다. 결국 잭은 누런 잡종 개를 끊임없이 두려워하게 되었다. 그런데 이 일은 아주 급작스레 종말을 맞게 되었다.

어느 뜨거운 여름 날 사내 둘은 켈리언의 오두막 앞에서 담배를 피우고 있었고, 개는 잭을 나무 위로 쫓아낸 후 시원한 나무 그늘 아래에서 늘어지게 몸을 뻗고는 기분 좋은 낮잠을 청했다. 개는 잭을 개의치 않고 낮잠에 빠졌다. 새끼 곰은 잠시 죽은 듯이 있다가 잡을 수도 피할 수도 없는 지긋지긋한 개를 향해 슬그머니 눈을 돌렸다. 문득 작은 머릿속에 기발한 생각 하나가 떠올랐다. 녀석은 슬그머니 적의 머리 위를 향해 나뭇가지를 타고 내려갔다. 다리를 떨어가며 낮잠을 즐기던 개는 가엾은 새끼 곰을 쫓아 다니는 꿈을 꾸는지 아니면 괴롭히는 꿈을 꾸는지—아마 후자가 맞을 것이다—그르렁거리는 소리를 냈다. 물론 잭에게는 놈이 무슨 꿈을 꾸든 상관 없는 일이었다. 녀석의 유일한 관심사는 자신이 이 잡종 개를 무척이나 증오하며 이제는 대가를 치르게 해 줄 때가 되었다는 것뿐이었다. 녀석은 이 폭군의 머리 위로 조심스레 다가가 놈을 겨냥해 가지 위에서 훌쩍 뛰어 갈비뼈 위로 납작 떨어졌다. 잠을 깨우려 했다기에는 막돼먹은 짓이었지만 개는 깨갱 소리조차 낼 수가 없었다. 숨조차 쉴 수가 없었다. 부러진 뼈는 없었지만 불의의 일격을 받은 개는 앞발을 늘고 일어서 넝넝이도 싯누르는 곰에게서 몸을 빼낼 수가 없었다.

결국 그것은 가장 멋진 일격이 되었다. 그 후 개는 잭이 주인을 따라 보나미의 집에 오면 주변을 얼쩡거리며 다시금 녀석을 놀려먹을 궁리를 했지만 잭은 사내들이 '개 위에 올라타기'라고 이름을 붙인 바를 시도하곤 했다. 이제 개는 곰을 물어뜯는 일에 급속히 관심을 잃어 갔고 이내 사라진 장난거리가 되었다.

· 4 ·

모래 사이로 사라져 버린 개울물

잭은 성격이 명랑했고 질은 뚱했다. 잭은 애완동물처럼 내어 놓고 기른 탓에 점점 명랑하게 커 갔지만 질은 벌을 주기도 하면서 매어 놓고 길렀으므로 점점 부루퉁해졌다. 질은 욕먹을 짓을 골라서 했고 가끔씩 그 대가를 치러야만 했다. 이런 식으로 새끼 곰 두 마리는 하루하루를 보냈다.

어느 날 랜이 일을 보러 간 사이에 질은 자유를 얻어 두 오누이는 함께 할 수가 있었다. 녀석들은 조그마한 창고를 뚫고 들어가 식재료를 엉망으로 뒤집어 놓았다. 녀석들은 가장 맛난 것만을 골라 먹었고, 80킬로미터나 떨어진 곳에서 말 등에 싣고 온 밀가루나 버터, 베이킹 파우더 같은 것들은 바닥에 던지거나 굴려 버렸다. 잭은 마지막 밀가루 봉투까

33

지 찢어 놓았고 질은 광부의 다이너마이트 상자 위에서 어찌할 바를 모르고 허둥대고 있었다. 그때 문가가 어두워지며 켈리언이 나타났다. 기섭한 한편으로 분노에 찬 모습이었다. 새끼 곰들은 켈리언의 이 모습이 어떤 뜻인지를 알지 못했지만 그래도 그의 분노에는 좀 익숙해 있었다. 녀석들은 자신들이 어떤 못된 짓을 저질렀다는 사실을 알았는지, 아니 적어도 자신들이 곤혹스런 처지에 처해 있음은 알아차린 듯했다. 질은 어두운 한쪽 구석에 샐쭉한 표정으로 코를 낑낑대며 숨어들어 반항하듯 사냥꾼을 쏘아보았다. 잭은 머리를 한편으로 기우뚱거리더니 자신이 저지른 악행을 모두 잊고 반갑게 그르렁대며 사내에게 허둥지둥 달려들었다. 녀석은 코를 벌름거리며 낑낑거리더니 마치 자신이 세상에서 가장 잘난 새끼 곰이기라도 한 것처럼 안아서 쓰다듬어 달라고 기름기로 끈적거리는 앞발을 내밀었다.

오호라, 인간은 감정에 얼마나 약한 존재인가! 참담한 꼴의 새끼 곰이 뻔뻔하게 사냥꾼의 다리로 기어오르자, 그의 이마에서 험악한 표정이 서서히 사라졌다. "못된 녀석 같으니라고." 그가 투덜거렸다. "빌어먹을 네 놈의 목을 부러뜨릴 테다." 말은 그렇게 했어도 행동으로는 옮기지 못했다. 그는 기름으로 끈적거리고 냄새에 찌든 새끼 곰을 들어 올려 평소처럼 쓰다듬어 주었다. 한편 길이 덜 든 탓에 어쩌면 욕을 덜 먹어야 했을

잭은 기름기로 끈적거리는 앞발을 내밀었다.

질은 사냥꾼의 온갖 분노를 짊어지고 두 겹으로 된 사슬로 기둥에 묶이는 벌을 받았다. 그리고 녀석은 이런 악행을 다시 저지를 기회를 잃고 말았다.

이날은 켈리언에게는 아주 운이 나쁜 하루였다. 아침에 그는 총을 떨어뜨려 부수어 먹었다. 지금 집으로 돌아와 보니 식재료들이 엉망진창이 되어 있었다. 그런데 그의 앞에는 새로운 유혹이 기다리고 있었다.

그날 아침 한 낯선 사람이 짐말 몇 마리를 끌고 그의 오두막을 찾아와 함께 밤을 보냈다. 잭은 한참 까불어대며 자신이 반쯤은 개인양 혹은 반쯤은 원숭이인양 그들과 장난을 쳐댔다. 아침이 되어 떠날 때가 되자 낯선 사람이 흥정을 걸어왔다. "이보시오, 주인장. 이 두 놈에게 25달러를 내겠소. 파시오." 랜은 주저했지만 버리게 된 식료품과 빈 지갑과 부러진 총에 생각이 미쳤다. 그러고는 대답했다. "50달러라면 좋소."

"그렇게 합시다."

이렇게 거래가 이루어졌고 돈이 건네졌다. 낯선 사람은 새끼곰들을 바구니에 한 마리씩 넣어 말 위에 싣고는 곧 떠나갔다.

질은 뚱한 표정으로 얌전히 앉아 있었지만 잭은 원망스런 울음으로 낑낑대며 랜의 마음을 아프게 했다. 하지만 그는 마음을 다잡았다. "떨어져 있는 게 녀석들에게는 나을 거야. 나로서는 녀석들이 창고에서 벌이는 소동을 더 이상 감당할 수가 없

36

어." 소나무 숲은 이내 낯선 사람과 짐말 세 마리와 새
끼 곰 두 마리를 삼켜 버렸다.

"그래, 녀석들이 가 버리니 홀가분하군." 이미 후회로 괴로워
하면서도 랜은 냉정하게 생각했다. 그는 오두막을 정리하기 시
작했다. 창고로 가 엉망이 된 식료품들을 정돈했다. 그래도 남
은 것이 많았다. 발걸음을 옮겨 잭이 잠자곤 했던 상자를 지나
갔다. 너무도 고요했다. 잭이 오두막 안으로 들어오려고 문을
박박 긁어 대던 곳을 물끄러미 내려다 보다가 문득 그 소리를
더 이상 들을 수 없다는 생각이 들었다. 그는 새끼 곰을 팔고 좋
아했던 자신에게 욕을 퍼부었다. 이것저것 잡일을 하는 둥 마
는 둥 하며 한 시간이 넘도록 어슬렁거렸다. 그러다가 돌연 조
랑말에 올라타고는 낯선 자의 흔적을 따라 미친 듯 내달리기
시작했다. 그는 조랑말을 거칠게 다그쳤고 두 시간이 지나 강
을 건너려는 짐말의 대열을 따라 잡을 수 있었다.

"이보시오. 이 거래는 잘못되었소. 새끼 곰들을 팔지 않겠소.
적어도 잭은 안 되오. 나, 난 이놈은 데려가야겠소. 여기 당신
돈이 있소."

"좋은 거래였지 않소? 이미 끝난 걸로 아는데." 낯선 사람이
냉정하게 말을 받았다.

"내겐 그렇지가 않아요." 랜이 성의를 보이며 말했다. "없던
일로 합시다."

"그 때문에 온 것이라면 공연한 시간 낭비일
뿐이오." 낯선 사람이 응수했다.

"저것 좀 보시오."라며 랜은 낯선 사람에게 금화를 던져 주고
는 잭이 들어 있는 바구니를 향해 다가갔다. 잭은 바구니 안에
서 친숙한 소리를 듣고는 기쁨에 겨워 콧소리를 냈다.

"손들엇!" 낯선 사람이 전에도 해본 듯 능숙한 말투로 짧고
날카롭게 외쳤다. 랜이 뒤를 돌아보자 그가 45구경 콜트 권총
을 겨누고 있었다.

"총을 들이대다니. 이보시오, 내게는 총이 없소. 하지만 타지
양반. 저 새끼 곰은 내게는 하나뿐인 친구라오. 녀석과는 늘 함
께 했고 서로 정이 너무 들었지. 녀석에게 이토록 애태워 할 줄
은 미처 몰랐소. 여길 보시오. 당신에게 50달러를 돌려줄 테니
잭은 되돌려 주고 질은 데려가시오." 그가 말했다.

"500달러를 준다면 녀석을 되돌려 주지. 그럴 마음이 없소?
그렇다면 손을 들고 저 나무까지 죽 걸어가시오. 손을 내리거
나 되돌아선다면 나는 쏠 거요. 자 걸으시오."

산사람들의 규율은 무척이나 엄격했고 무기가 없는 랜은 어
쩔 수 없이 그 말을 따라야만 했다. 그는 권총에 겨누어진 채로
멀리 떨어진 나무까지 걸어갔다. 어린 잭이 비통하게 우짖는 소
리가 그의 귀를 아프게 때렸지만 산사람들의 규율을 너무 잘 알
고 있는 그에게는 다른 방도가 없었다. 낯선 사람은 떠나갔다.

많은 사람들이 야생 동물을 잡으려고 천 달러씩이나 되는 돈을 쓰는 등 노력을 기울인다. 그리고 그럴 만한 가치가 있다고 여겼다. 그래서 낯선 사람은 녀석들을 반값, 그것도 아니라면 반의 반값으로라도 기꺼이 처분해 거래를 매듭지어 이익을 보려고 했다. 그는 익살스런 새끼 곰들을 얻자 처음에는 무척 기뻐했고 냉정히 녀석들의 가치도 평가해 보았다. 그러나 날이 갈수록 녀석들은 골칫덩어리가 되어 갔고 녀석들에게 느꼈던 흥미도 떨어졌다. 그래서 일주일 후 벨크로스 목장에 도착한 그는 말 한 마리와 곰 한 쌍을 맞바꾸자는 제안에 흔쾌히 응했고, 이렇게 해서 새끼 곰들의 바구니 여행은 끝나게 되었다.

목장 주인은 성격이 너그럽지 못했고 고상하지도 못했으며 참을성도 없었다. 성격 좋은 잭은 바구니에서 나오자마자 주인의 이런 성격을 부분적으로나마 파악했다. 성격이 까탈스러워 버둥대는 질은 바구니에서 나오자마자 목줄에 묶였다. 그리고 불행한 일이 일어났다. 질에게 더 이상 목줄이 필요 없게 된 것이다. 목장주는 그 후 두 주 동안 팔에 부목을 댄 채 지냈고 혼자 남은 잭은 사슬에 목이 묶여 목장의 뒤뜰을 쓸쓸히 어슬렁거렸다.

5

언덕에 막힌 강

그 후 1년 반이 흘렀고 잭에게는 따분한 나날이 계속되었다. 녀석이 내딛을 수 있는 세상이란 마당에 세워진 기둥을 중심으로 한 5미터의 원 안뿐이었다. 바다 쪽으로 펼쳐진 푸른 언덕, 가까이 있는 소나무 숲, 심지어 과수원 건물마저도 녀석의 흐린 눈 안으로 자신들의 빛을 아련하게 보내오는 먼 곳의 고정된 별일 뿐이었다. 심지어 말과 사람도 녀석의 영역 안으로는 들어오지 않은 채 하늘을 스쳐 가는 혜성처럼 녀석의 곁을 스쳐 지나갈 뿐이었다. 잭의 가치를 높여 준 바로 그 기술도 녀석이 목줄에 묶여 커 가면서 함께 잊혔다.

처음에는 버터통만으로도 녀석의 잠자리로 넉넉했지만 녀석은 버터통에서 못통, 밀가루통, 기름통 등으로 여러 단계의 잠자리를 빠르게 바꿔 갔으며 마지막 잠자리로 만들어 준 큼지막한 나무통을 채울 정도는 아니어도 이제는 어지간히 큰 통을 채울 정도로 자라 있었다.

과수원의 호텔은 떡갈나무 숲이 새크라멘토의 황금 평원까지 비스듬히 이어진 시에라 산맥의 조그만 언덕 위에 자리하고 있었다. 자연은 그 위에 자신이 관장하는 온갖 경이로운 선물을 펼쳐 놓았다. 앞마당에는 꽃들이 만발했고 과일이 풍성했으며 제때 그늘이 지고 볕이 들었다. 건조한 초지, 급히 흐르는 강, 졸졸 흐르는 실개천이 이곳에 있었다. 거대한 나무들은 온갖 형상으로 솟아 있었고 동으로는 높은 시에라 산맥이 조각된 푸른 담마냥 뾰족 솟은 소나무 숲 위로 벽을 만들고 있었다. 건물 뒤로는 언덕 위에서부터 힘차게 흘러나오다가 둑에 막혀 저지당한 강이 있었다. 그럼에도 강은 저 위쪽 먼 실개천의 물을 이어 받아 오래된 탈락 산의 험한 경사를 타고 힘차게 흘러내렸다.

아름다운 자연, 생명, 색채가 온 사방에 가득했지만 과수원 호텔 인근의 주민들은 인간의 가장 추악한 행태를 보여 주었다. 이런 환경에서 그들의 면모를 본다면 '자연에서 태어나 신에게로 귀의하는' 모든 존재들에 대해 당연히 의심이 든다. 어느 도시 빈민도 그처럼 야비한 사람들을 본 적이 없을 것이다. 그리고 잭에게 그런 짓을 분별할 능력이 있었다면 녀석은 그 능력에 맞추어 두 발로 걷는 자들의 등급을 매겨 보았을

42

것이다.

학대는 녀석의 몫이었고 증오는 녀석이 보내는 반응이었다. 지금 녀석이 즐거이 행하는 유일한 기술이 맥주를 마시는 일이었다. 잭은 맥주를 아주 좋아했고 술집을 찾는 한량들이 가끔 녀석에게 맥주병을 주며 녀석이 철사를 비틀어 뽑아 코르크 마개를 따는 솜씨를 지켜보곤 했다. 마개가 펑 하고 뽑히면 녀석은 그것을 양 발가락을 써서 거꾸로 들고는 마지막 한 모금까지 마셔 댔다.

녀석의 단조로운 나날은 개싸움으로 인해 이따금씩 변화를 맞이하기도 했다. 짓궂은 사람들이 자신들의 베어도그를 끌고 와 '곰과 싸움을 붙였다.' 잭이 그들을 응수하는 법을 배우기 전까지는 사람과 개에게는 흥미진진한 놀이였다. 초기에 녀석은 선두에 선 놈에게 맹렬히 달려들곤 했지만 목줄이 진로를 막았고 배후에 선 개의 공격에 무방비로 노출이 되었다. 한두 달이 지나자 대처 방법이 딴판으로 변했다. 녀석은 등 뒤로 커다란 통에 의지해 앉아 주변을 둘러싸고 짖어 대는 개들을 전혀 관심이 없다는 투로 묵묵히 쳐다만 보았다. 개들이 다가와도 미동조차 하지 않았다. 마침내 개들은 한 곳에 모이게 되었고 그때 녀석이 돌격을 감행했다. 불가피하게 뒤에 선 개들은 대응이 늦어질 수밖에 없었고 이는 앞에 선 놈들의 퇴로를 막았다. 이렇게 해서 잭은 개 한두 마리에 타격을 줄 수 있었고 이 놀이도 시들해지게 되었다.

잭의 나이도 어느덧 열여덟 달이 되어 다 큰 곰의 반쯤만 한 덩치를 지니게 되었을 때 말로는 다 못 할 사건이 일어났다. 잭에게 위험한 맹수라는 낙인이 찍혔다. 술김에 멋모르고 덤빈 사내 하나를 한방에 불구로 만들었고 그를 죽음 직전까지 몰고 갔던 것이다. 어느 날 밤 사람은 순했지만 무능력한 양치기 한 명이 인근을 어슬렁거리다가 술김에 성깔 있는 사내 몇의 비위를 건드렸다. 양치기에게는 총이 없었으므로 그들은 총을 쏴 몸에 구멍을 내주는 대신 자신들의 법도대로 흠씬 두들겨 패주는 것이 타당하다고 생각했다. 파코 탐피코는 문을 열고 밖으로 나가 비틀거리며 어둠 속으로 도망쳤다. 사내들 역시 취해 있었고 화가 나 있는 상태였으므로 그를 쫓아 나섰다. 파코는 건물 뒤뜰로 교묘히 빠져나갔다. 산사람들은 회색곰을 피해 가며 희생양을 찾아다녔지만 도무지 찾을 수가 없었다. 횃불을 들고 찾아보아도 뒤뜰에서는 보이지 않자 그들은 그가 헛간 뒤의 강에 빠져 죽었으리라고 생각해 그걸로 만족하기로 했다. 그들은 몇 마디 저질스런 우스갯소리를 하며 건물 쪽으로 돌아왔다. 그들이 회색곰의 우리를 지나칠 즈음 눈 한 쌍이 불빛 아래 번뜩였다. 아침이 되어 주방장이 일을 시작할 즈음 뒤뜰에서 나는 이상한 소리를 들었다. 회색곰의 우리에서 나는 소리였다. "이놈아, 가만히 좀 있어." 졸린 듯한 목소리로 그가 말했

지만 그르렁하는 소리만이 나지막이 들려올 뿐이었다.

주방장은 거침없이 다가가 안을 들여다보았다. 그가 여전히 졸린 듯한 소리로 말했다. "제기랄, 누가 기어들어 간 거야." 그러자 사람 팔 하나가 꿈틀거리는 모습이 보였다. 그리고 다시금 짜증 난 듯한 곰의 그르렁 소리가 새어 나왔다.

날이 밝자 마을의 한량들은 지난밤 찾지 못했던 양치기가 곰의 우리에서 술에 취해 죽은 듯 자고 있는 것을 보았다. 사람들은 그를 꺼내려 했지만 회색곰이 자신을 죽이고 넘어오라는 듯이 입구를 막아섰다. 사람이 접근하면 맹렬히 덤벼들었으므로 그들이 할 수 있는 일은 아무것도 없었다. 녀석은 경계를 풀지 않고 우리 문에 앉아 있었다. 마침내 정신이 돌아온 양치기가 팔로 몸을 지탱해 일어섰다. 그는 자신이 어린 곰의 보호를 받고 있음을 알아챘다. 그는 조심스레 보호자의 등을 넘어 "고맙다"는 말 한 마디 없이 냅다 달아났다.

7월 4일이 코앞에 다가왔다. 뒤뜰에 묶여 있는 거대한 포로에 점점 지겨워진 술집 주인은 독립기념일을 맞이해 '엄선된 싸움소와 캘리포니아의 사나운 회색곰' 사이에 대결을 벌이겠노라고 발표했다. 이 소식은 '입에 입을 타고' 널리 퍼져 나갔다. 마구간 지붕은 입장료 50센트짜리 의자들로 꽉 찼다. 건초를 반쯤 실은 짐마차를 울타리 앞에 끌어다 놓았는데 이곳 좌

석은 관람하기에 더할 나위 없이 좋은 자리라서 좌석당 1달러
의 관람료가 책정되었다. 낡은 울타리 문을 수리했고 필요한
곳에는 기둥도 박아 놓았다. 아침에 먼저 해야 할 일은 사나운
황소를 끌어와 '콧김을 뿜을' 정도로 아주 위험한 상태까지 괴
롭히는 것이었다.

그동안 사람들은 잭을 '숨이 막힐 정도로' 단단히 목줄에 묶
어 통에 매어 놓았었다. 이제 못으로 사슬과 고정되어 있던 목
줄을 벗겼다. 황소가 녀석을 물리쳐서 만에 하나 필요하게 될
경우 녀석을 올가미로 쉬이 묶을 수 있도록 준비도 했다.

통을 울타리 문 너머로 굴려 놓자 모든 준비가 끝났다.

온갖 장식으로 멋지게 꾸민 카우보이들이 이 지방 저 지방에
서 모여들었는데 그중 한 캘리포니아 카우보이가 단연 돋보였
다. 멋진 여성들이 그들과 함께 했고 농부와 목장주들이 황소
와 곰의 싸움을 보기 위해 80킬로미터를 마다하지 않고 왔다.
산속 광부들도 모였고, 멕시코 양치기도 왔으며, 플레이서빌
의 상점주는 물론 새크라멘토의 낯선 자들까지, 시골, 도시, 산
중, 평야를 가릴 것 없이 온갖 사람들이 몰려들었다. 짐마차 좌
석은 매진되어 또 다른 마차가 동원되었다. 창고 지붕 위의 자
리도 매진되었다. 묘한 모양으로 벌어진 통나무의 틈이 입장료
를 다소 요동시켰지만 몇 마디 항의로 입장료는 제 가격을 찾
았다. 경기 준비가 모두 완료되었고 관객들은 이 엄청난 싸움

을 초조히 기다렸다. 소와 함께 지내 왔던 사람들은 황소에 내기를 걸었다.

"내가 장담하건대 방목한 황소를 대적할 놈은 없어. 황소는 쓸모가 많은 놈이야."

한편 산사람들은 곰을 지지했다. "웃기고 있군, 황소가 곰을 상대한다고? 나는 회색곰이 레프트 한 방으로 말을 헤치헤쳐 계곡 너머로 깔끔하게 날려 버리는 걸 봤어. 황소라고? 2회전까지도 필요 없어. 내기해도 좋아."

이렇게 그들은 말다툼 끝에 내기를 했고, 관심을 끌어 보려고 멋을 부려 치장한 여인네들은 '경기장의 이런저런 분위기에 겁을 먹고 고함소리에 어쩔 줄을 몰라 했으며 못 볼꼴이라도 벌어지지 않을까 두려워'했다. 그러나 사실 여인네들 역시 남자들만큼이나 큰 관심을 갖고 있었다.

모든 준비가 완료되었고 '경기'의 주심이 소리쳤다. "저 여자 내보내. 이미 꽉 찼어. 경기 시작 시간이야."

파코 탐피코는 가시덤불 한 무더기를 황소 꼬리에 붙들어 매 놓았었다. 그래서 이 거구의 짐승은 스스로를 채찍질하는 격이 되어 발광을 해댔다.

한편 사람들이 통을 굴려 놓자 그 반감으로 잭은 화가 잔뜩 나 있었다. 경기 개시 선언과 함께 파코는 문을 비집어 열었다. 통은 울타리 쪽에 있었고 문 주변도 깨끗이 치워 놨으므로 잭

이 돌진해 황소를 앞발로 갈가리 찢어 놓는 데에는 거칠 것이 없었다. 그런데 녀석은 앞으로 나가지 않았다. 관중들이 내지르는 함성, 소음, 생소함이 녀석에게 무슨 작용을 했는지 녀석은 그 자리에 잠자코 있었다. 그러자 황소를 응원하는 사람들이 야유를 퍼부었다. 황소는 크게 포효를 지르고 씩씩거리며 앞으로 나가다 가끔씩 멈추어 흙을 차댔다. 녀석은 고개를 뺏뺏이 들고 회색곰의 우리 3미터 앞까지 느릿느릿 다가갔다. 그러고는 콧김을 한번 내뿜더니 뒤로 돌아 울타리 끝으로 달려갔다. 이제 곰을 응원하는 사람들이 함성을 내지를 차례였다.

하지만 관객들은 싸움을 바랐고 파코는 회색곰 잭에게 진 신세를 까맣게 잊고 독립을 기념하는 비스킷 한 보따리를 팁을 주듯 통에 던졌다. "부숴 버려." 그러자 잭이 벌떡 일어섰다. "자, 부숴. 부숴 버려. 부수어." 놀란 잭이 우리를 나와 경기장으로 뛰어 들어섰다. 거만한 자세로 경기장 한가운데 서 있던 황소는 자신에게 뛰어오는 곰을 보자 콧김을 두어 번 세게 뿜더니 관객들의 성원과 야유가 난무하는 와중에 멀찍이 후퇴했다.

아마도 빠르게 계획을 세우는 민첩함과 그것을 실행에 옮기는 추진력이 회색곰의 두 가지 성격일 것이다. 잭은 황소가 울타리 끝에 미처 도달하기 전에 이미 최선의 진로를 알아냈던 것 같다. 돼지처럼 영리한 녀석의 눈은 한눈에 울타리의 전모를 파악해, 가운데 가로대가 못 박혀 있어 가장 쉽게 올라탈 수 있는 위치를 알아냈다. 녀석은 3초 만에 그곳에 도달했고 2초 만에 그곳을 넘었으며 1초 만에 달려들어 관중을 흩어 놓았고 유연한 다리를 이용해 최대한 빠르게 언덕에 올라 섰다. 여인들은 비명을 내질렀고 사내들은 고함을 쳤으며 개들은 짖어댔다. 경기장 먼 곳에 매어 놓은 말들도 녀석이 거칠게 돌진해 오자 불안해했다. 회색곰은 300미터를 가속해 달렸고 450미터를 그 속도로 내처 달려갔다. 들떠 있던 관객들이 정신 없이 말을 몰고 줄지어 쫓아갔지만 회색곰은 개와 마주칠 일이 없는 강물 속으로 뛰어 들어 수풀로 올라섰고 소나무가 무성한 언덕 위로 들어섰다. 단 한 시간 만에 녀석을 짜증 나게 했던 목 줄과 잔혹하고 야만적인 인간들이 있었던 목장 호텔은 녀석이 어린 시절을 보냈던 언덕과 강에 차단되어 이미 과거의 것이 되었다. 녀석이 나고 자란 시냇물에서부터 몸체를 불려 온 강은 탈락 산의 소나무 숲으로 흘러들었다. 그해의 7월 4일은 영광스런 날이었다. 회색곰 잭에게는 바로 독립기념일이었다.

49

6

무너진 댐

상처 입은 사슴은 대개 산 아래로 도망가고 쫓기는 회색곰은
산 위로 도망간다. 잭은 이 지역를 몰랐지만 사람들로부터 도
망가야 한다는 사실은 알고 있었으므로 가장 험한 곳을 따라
산을 오르고 또 올랐다.

녀석은 무엇과도 마주치지 않고 몇 시간이고 오르고 또 올랐
다. 평원은 시야에서 사라져 보이지 않았다. 녀석은 이제 화강
암과 소나무와 장과가 있는 지역에 들어섰고, 도망을 가면서도
발과 혀로 낮은 덤불 속에서 능숙하게 먹이를 찾아 먹었다. 그
러면서도 바위 지대에 들어서기 전까지는 잠시도 쉬지 않았다.
그런데 이곳을 비추는 오후의 햇볕이 녀석에게 쉬라고 명령을
하는 것 같았다.

녀석이 눈을 떴을 때는 깜깜한 밤이었지만 곰들은 어둠을 두려워하지 않는다. 아니 오히려 낮을 더 두려워한다. 녀석은 위험에서 벗어나려는 본능으로 계속 산을 올랐고 마침내 녀석의 고향인 탈락 산의 정상에 올라섰다.

새끼 시절 많은 훈련을 받은 것은 아니었지만 위급한 상황에 적절히 대처할 수 있는 몇몇 본능이 녀석에게는 남아 있었고 코도 훌륭한 길잡이 역할을 했다. 이렇게 녀석은 살아남을 수 있었고 야생의 생활을 빠르게 경험함으로써 정신이 한껏 성장했다.

잭은 얼굴의 생김새나 겪었던 사실들은 제대로 기억하지 못하지만 냄새에 대한 기억만큼은 탁월했다. 녀석은 보나미가 기르던 잡종개의 생김새에 대해서는 이미 아무것도 기억하지 못했지만 놈의 냄새는 여전히 남아 예전의 그 섬뜩한 느낌을 불러일으키곤 했다. 녀석은 양도 기억하지 못했지만 '예전에 맡아 보았던 덥수룩한 양털'에서 풍기던 냄새는 녀석에게 분노와 증오심을 일으켰다. 어느 날 저녁 양의 냄새를 한껏 담은 바람이 불어왔는데 이는 마치 지나간 세월이 되돌아온 것 같은 느낌이었다. 녀석은 몇 주간 나무뿌리와 열매만 먹고 살았다. 그런데 순수한 채식주의자를 시도 때도 없이 유혹하는 고기 냄새를 맡게 된 것이다. 양의 냄새는 위험한 유혹이었다. 생각이 있는 곰이라면 낮에는 나다니지 않는 법이므로 녀석은 밤이 되자 길을 나섰다. 그리고 냄새를 따라 언덕 소나무 숲을 지나 앞이 탁 트인 바위투성이 골짜기로 들어섰다.

얼마를 더 가자 호기심을 자극하는 불빛이 하나 나타났다. 잭은 그게 무엇인지를 알았다. 녀석은 두 발로 걷던 존재들이 고약한 냄새와 나쁜 기억을 연상시키는 목장 부근에서 이것을 피워 놓은 것을 본 적이 있었다. 바로 그것이 아닐까 염려되있다. 소리를 죽여 가며 바위에서 바위 사이를 빠르게 지나쳤다. 양 냄새가 한층 진해졌다. 녀석은 모닥불 위 바위의 한 장소에 도착해 눈을 번뜩이며 양을 찾았다. 코를 찌르는 강한 냄새가 났지만 양은 보이지 않았다. 대신 별빛을 뿌옇게 반사하는 듯 희미한 빛만을 머금은 계곡의 잔잔한 호수가 보였다. 물에서 웅얼대는 소리가 들려왔지만 인근의 호수에서 나는 소리와는 전혀 달랐다.

별들은 모닥불 주위에 집중적으로 몰려 있었지만 흰개미 떼들이 갉아먹어 숲 이곳저곳에서 썩어 가는 나무둥치의 인광과는 다른 빛을 내고 있었다. 좀 더 가까이 다가가자 잭의 침침한 눈으로도 그것이 무엇인지를 확인할 수 있었다. 엄청나게 넓은 회색 호수는 양 떼들이었고 인광을 내던 점들은 양들의 눈이었다. 모닥불 옆에는 나무로 낮고도 엉성하게 둑을 쌓은 듯한 무언가가 있었는데 바로 양치기와 그가 끌고 다니던 개였다. 둘 다 불쾌한 존재들이었지만

그 뒤로 수많은 양 떼들이 늘어서 있었다. 녀석이 노리는 것은 양이었다.

잭이 한쪽 귀퉁이로 가까이 접근하사 낮은 넘불 너머로 놈들이 보였다. 이놈들은 녀석이 희미하게 기억하고 있는 끔찍하고도 거대한 숫양에 비하면 만만한 놈들이었다. 피에 대한 갈증이 솟구쳤다. 잭이 양 떼를 향해 돌진하자 놈들은 요란한 발소리와 콧소리를 내며 녀석을 피해 사방으로 흩어졌다. 잭은 양 한 마리를 후려쳐 쓰러뜨리고는 그 놈을 낚아채 방향을 틀어 산속으로 잽싸게 올라갔다.

양치기가 튀어나와 총을 쏘았고 개가 요란스레 짖어 대며 양 떼를 넘어 달렸다. 그러나 잭은 이미 사라지고 없었다. 양치기로서는 기도하는 심정으로 총을 두어 발 더 발사하는 것 외에는 속수무책이었다.

이것이 잭의 첫 번째 사냥이었고 사냥은 그 후로도 계속되어 정기적인 일이 되었다. 그때부터 양을 잡고 싶으면 녀석은 자신의 코가 '방향 전환, 계속 전진'이라는 신호를 내릴 때까지 그저 능선을 따라 걷기만 하면 된다는 사실을 알았다. 곰의 삶에서 냄새만이 믿을 수 있는 것이었다.

· 7 ·

흐름

감성적이고 치밀하지 못한 성격 탓에 페드로 탐피코와 그의 동생 파코는 목축업에 어울리는 사람들은 아니었다. 그들은 북과 피리로 귀여운 양 떼들을 솜씨 좋게 몰지 못했고, 마법사가 지팡이를 휘저어 마법을 보여 주듯 지팡이로 멋지게 양 떼들을 몰지 못했다. 그들은 그런 도구가 주는 효력을 이용해 양 떼를 모는 것이 아니라 미리 준비한 돌 한 무더기와 곤봉으로 양 떼를 몰았다. 그들은 양치기라기보다는 양 관리자에 가까웠다. 그들은 양을 사랑으로 보살펴야 할 동료로 본 것이 아니라 네 다리로 걸어 다니는 1달러짜리 현금으로 보았다. 그들은 돈을 세듯 양들을 다루었고 하루 일과가 끝나거나 비상 상황이 지나가고 나면 양들의 수를 세었다. 양 3천 마리를 일일이 세는 것

은 쉬운 일이 아니었고 멕시코 사람으로서는 가능한 일도 아니었다. 하지만 그들에게는 그 목적에 어울리는 수단이 있었다. 보통 양 100마리당 한 마리는 검은 양이었다. 양 떼 한 무리가 길을 잃고 헤매면 그중에는 검은 양 한 마리가 섞여 있을 가능성이 높았다. 탐피코는 검은 양을 셈으로써 전체 양의 수를 대략적으로나마 파악할 수가 있었다.

회색곰 잭은 첫날 밤 양 한 마리를 죽였다. 두 번째 사냥에서는 두 마리를 죽였고 세 번째 사냥에서는 한 마리를 죽였는데 공교롭게도 검은 놈이었다. 탐피코는 검은 양이 29마리밖에 남아 있지 않음을 확인하고는 제 딴의 셈법에 따라 양 100마리가 사라졌다고 추측했다.

"땅이 좋지 못하면 떠나가라."란 옛말이 있다. 탐피코는 돌로 주머니를 채우고 자신이 지금까지 양치기로서 걸어야 했던 그 험한 길에 대고 욕설을 퍼부어 대며 양 떼를 포식자의 영역 밖으로 몰고 나갔다. 밤이 되자 그는 바위로 자연스레 둘러싸인 골짜기를 보고는 개를 동원해 흩어진 양 떼를 골짜기 안으로 몰아 넣었다. 개는 지능적으로 양을 몰았지만 왠지 사람이 양을 모는 솜씨는 어설펐다. 탐피코는 골짜기 입구 한편에 모닥불을 피웠다. 10미터 앞에는 바위로 된 벽이 있었다.

불운에 빠진 양치기가 하루에 15킬로미터를 이동하는 것은 쉬운 일이 아니었겠지만 회색곰에게는 고작해야 두 시간여의 거리밖에는 안 된다. 눈으로 볼 수 있는 거리는 아니어도 후각의 범위 안에 있는 거리였으므로 양에 굶주린 잭은 먹잇감을 따라잡는 데 조금도 어려움이 없었다. 저녁 식사가 평소보다 조금 늦은 터라 그만큼 식욕도 더 낭겼다. 야영지에는 별날리 경계할 만한 것이 없었으므로 남피코는 잠이 들었다. 개 짖는 소리에 그는 잠에서 깨어났다. 예전에 본 적이 있었거나 혹은 상상을 해 보았던 무시무시한 곰이 뒷발로 서 있는 모습을 올려다보고는 그만 그는 대경실색했다. 놈은 적어도 키가 9미터는 되어 보였다. 개는 공포에 젖어 달아났지만 페드로에 비하면 그래도 용기를 낸 편이었다. 그는 너무 놀라 가슴속에 담아 두었던 기도, "축복 받으신 성인이시여. 저놈이 무리 중 죄지은 검은 양을 가져가게 하옵시고 가엾은 자녀에게 이 고난을 없이 하소서."라는 기도를 단 한 마디도 내뱉을 수가 없었다. 그는 고개를 처박고 있었으므로 키가 9미터인 곰이 10미터 거리에 있는 것이 아니라 키가 2미터이고 모닥불에 비친 시커먼 곰의 그림자가 뒤의 바위에 10미터 길이로 드리워져 있다는 사실을 알지 못했다. 공포로 어찌할 바를 몰랐던 가엾은 페드로는 바닥에 바짝 엎드렸다.

고개를 다시 들었을 때는 이미 거대한 곰이 사라지고 없었다. 양들이 이리저리 날뛰었다. 몸집이 작은 양들이

골짜기 밖으로 나와 어둠 속으로 허둥지둥 숨어들었고, 그 뒤를 보통 크기의 곰이, 그러나 양들에게는 괴물로 보였을 곰이 뒤쫓았다.

페드로는 지난 몇 달 동안 기도를 소홀히 했었다. 그는 나중에 고해 신부에게 고백했다. 오늘 밤 당장 밀린 기도를 몰아 하겠노라고, 아니 내일 해가 뜨기 전까지는 그동안 못했던 기도를 벌충하고도 남을 기도를 드리겠노라고. 해가 떠오르자 그는 개에게 양 떼를 맡기고는 도망간 양들을 찾아 나섰다. 그가 맨 먼저 알아낸 사실은 낮 동안에는 별다른 위험이 없다는 것이었고 두 번째로는 양 떼 일부가 달아났다는 사실이었다. 달아난 양들은 그 수가 꽤나 많아서 그동안 사라진 양의 갑절에 달했다. 검은 양 두 마리가 더 사라진 것이었다. 묘한 일이긴 해도 양들은 서로 모여 있었고 페드로는 들판을 1.5킬로미터 이상 추적한 끝에 좁다란 골짜기에 도착했다. 이곳에서 그는 사라진 양들이 깎아지른 절벽 위나 바위 위의 높은 곳에 이곳저곳 자리 잡고 있는 것을 보았다. 그는 기쁜 나머지 다짐했던 기도를 30초간 드렸지만 양들을 바위나 골짜기에서 끌어낼 방도가 없음을 알고는 실의에 빠졌다. 그가 골짜기 입구에서 짜낸 한두 가지 방도가 땅 위에 남아 있는 무엇인가가 풍겨 내는 공포감에 쏙 들어갔다. 조사를 통해 그것이 골짜기 한쪽 끝에서 다른 쪽까지 깊이 파인 곰의 새로운 흔적임을 알아냈다.

그렇다. 맹세코 곰이 다니는 길이 틀림없었다. 양들은 또다시 그의 손을 벗어났다. 페드로는 두려움에 서둘러 남은 양 떼에게로 돌아왔다. 그의 형편은 그 어느 때보다도 좋지 못했다. 원래 이곳에 출몰했던 회색곰은 몸집이 보통 크기로 매일 밤 양 한 마리를 먹어 치웠지만 새로 이 영역에 발을 디딘 이놈은 괴물로, 덩치가 산만큼이나 컸으며 식사로 양 40, 50마리를 먹어 대는 놈이었다. 그로서는 이곳을 빨리 벗어나는 게 상책이었다.

그런데 이미 늦었다. 늦어도 너무 늦었다. 양들은 너무 지쳐 있어 이동을 할 수가 없었다. 이런 까닭에 페드로는 평소와는 다른 조치를 취한 후 밤을 맞아야만 했다. 그는 골짜기 입구 두 곳에 모닥불을 커다랗게 피웠고 나무 위 5미터 높이의 평평한 가지에 잠자리를 마련했다. 개는 스스로의 안전을 위해 망을 보았다.

8

신에게 도움을 청하다

페드로는 거대한 곰이 다가오고 있음을 알았다. 협소한 골짜기 안 이곳저곳에 흩어져 있던 양 50마리는 저런 괴물에게는 간식거리에 지나지 않을 것이었다. 그는 평소 습관대로 총을 조심스레 장전하고는 나무 위로 올라가 잠을 청했다. 하지만 잠자리에 몰아치는 바람을 막을 방도가 없어서 이내 몸이 떨려 오기 시작했다. 그는 모닥불 옆에 몸을 웅크리고 있는 개를 부러운 시선으로 내려다보았다. 그런 다음 곰의 발길을 막아 주십사, 그것이 아니라면 놈의 발길을 이웃의 양 떼에게 돌려 주십사 하고 성인의 이름을 읊조리며 기도했다. 그는 기도에 실수가 없도록 이웃 양치기의 이름을 신중히 지목했다. 그는 기도를 하면서 잠들기를 원했다. 성당에서 미사를 드릴 때조차도

기도 중 잠을 못 잔 적이 없었다. 그런데 지금은 왜일까? 도무지 효과를 볼 수가 없었다. 공포의 밤이 지나가고 새벽빛이 뿌옇게 밝아 오고 있었다. 그런데 음울한 절망의 시간이 먼저 다가왔다. 탐피코는 그 절망을 느꼈다. 맞부딪히는 자신의 이빨 사이로 신음 소리가 길게 떨려 나왔다. 개는 껑충 뛰며 요란스레 짖어 댔고 흥분한 양들이 어둠 속으로 앞다투어 뛰어나갔다. 거대한 검은 형체가 어렴풋이 모습을 드러냈다. 탐피코는 총을 겨눠 쏘려고 했다. 그때 곰의 덩치가 9미터에 달한다는 공포감이 그를 엄습했다. 그가 마련한 잠자리의 높이는 고작 5미터라서 괴물에게 먹히기 딱 좋은 곳이었다. 미치지 않고서야 지금 총을 쏘아 굳이 곰의 식사거리가 될 수는 없는 노릇이었다. 그래서 페드로는 잠자리에 얼굴을 묻고 납작 엎드렸다. 그는 머리를 박아 대며 자신의 방종한 태도를 뉘우쳤고, 그것이 불가피한 일 때문이라며 용서를 깊이 구했고 이 간절한 소망이 이곳을 떠나 하늘에 온전히 닿도록 하늘의 대리자에게 기도 드렸다.

아침이 되자 그는 자신의 기도가 응답을 받았다는 증거를 보았다. 곰의 흔적은 남아 있었지만 검은 양의 수에는 변함이 없었다. 그래서 페드로는 주머니를 돌로 채우고는 양 떼를 몰며 평소처럼 말을 쏟아내기 시작했다.

"야이, 악마 같은 놈아." 개가 물을 마시기 위해 잠시 멈췄다.

그가 "저 덜 떨어진 놈들을 몰아와."라며 돌을 던져 윽박지르자 개는 즉각 그 지시를 따랐다. 페드로는 발굽 소리를 요란스레 울리며 주변을 맴도는 거대한 양 무리를 한 곳에 모으고는 길을 나섰다. 그러면서도 페드로는 이 요란스럽고 말썽 많은 양 무리에 보조를 맞췄다.

앞이 탁 트인 벌판으로 들어서자 왼편으로 솟은 바위 위에 사내 하나가 앉아 있는 모습이 양치기의 눈에 들어왔다. 페드로는 미심쩍다는 시선으로 그를 바라보았다. 그 남자는 인사를 하고는 손짓으로 그를 불렀다. 바로 '친구'라는 의미였다. 만약 그냥 지나가라는 손짓을 보냈다면 이는 '다가오면 쏜다'는 의미였다. 페드로가 그에게 다가가 좀 거리를 두고 앉자 그 남자가 거리를 좁혀 왔다. 그는 바로 랜 켈리언으로 사냥꾼이었다.

둘은 '사람과 말을 섞음으로써' 새로운 소식을 얻을 수 있다는 사실에 기뻐했다. 최근의 관심사는 양모 가격과 실패로 끝났던 황소와 곰 사이의 대결 따위였다. 그러나 대화의 주제는 무엇보다도 탐피코의 양을 학살했던 괴물 같은 곰이었다. "아, 악마같이 잔인한 곰 말이죠. 이해하시오, 친구. 그링고 곰 말이죠. 정말 무시무시한 놈이었소."

양치기는 자신의 목장을 습격했던 엄청나게 교활한 곰과, 너무 빨리 자라 12미터 또는 15미터에 달할 정도의 괴물 같은 곰의 덩치에 대해 과장되게 늘어놓았다. 그때 켈리언은 눈을 빛

내며 말했다.

"이봐요, 페드로. 당신 혹시 하사얌파 강 근처에 살았던 적 없소?"

그의 이 말은 이 지역은 그토록 거대한 곰이 출몰하는 지역이 아니라는 뜻이었다. 하사얌파 강물 좀 마셔 본 사람치고 허풍을 떨지 않는 사람이 없다는 일반 사람들의 통념을 넌지시 암시하는 말이었다. 이 통념의 진위 여부를 가려 본 사람들은 이런 경탄할 만한 특성이 리오그란데나 하사얌파 강뿐만 아니라 멕시코의 샘, 우물, 연못, 호수, 관개수로는 물론 멕시코의 모든 강과 그 지류에 걸쳐 보편적으로 나타난다고 주장했다. 사실 여부를 떠나 하사얌파 강은 이런 유별난 특성으로 가장 유명한 강이었다. 강 상류로 올라갈수록 사람들의 허풍은 심해졌고 페드로는 강 상류 출신이었다. 그런데 그는 모든 성인의 이름을 걸고 자신의 말이 사실이라고 항변했다. 그는 석류석이 든 작은 병 하나를 꺼냈다. 사막 개미가 우글거리는 폐물 더미 속에서 우연히 발견한 것이었다. 그는 이 병을 다시 주머니에 넣고는 사금이 약간 들어 있는 다른 병을 꺼냈다. 이것 역시 그가 드물게 잠이 오지 않을 때나, 양 떼에게 물을 먹일 필요가 없거나, 돌질을 하지 않을 때, 혹은 욕설을 퍼부어 가며 양 떼를 몰 필요가 없을 때 모아 둔 것이었다.

"이봐요, 나는 이것을 걸 거요."

금이라면 얘기가 다르다.

켈리언은 망설였다. "페드로, 내게는 이것에 댈 만
한 것이 없소. 하지만 병 속에 든 금을 대가로 곰을 잡
아 주겠소."

"만약 당신이 백스테어 골짜기 바위 위에서 굶고 있는 양들
을 다시 몰고 와 준다면…… 그 조건을 받아들이겠소." 양치기
가 말했다.

백인이 제안을 받아들이자 멕시코인이 눈을 반짝였다. 병 속
에 든 10달러 내지는 15달러 가치의 금은 대단한 금액이 아니
었지만 그래도 사냥꾼에게 일을 부탁하기에는 충분한 금액이
었고 사실 필요한 것도 돈이었다. 페드로는 이 사내를 알고 있
었다. 그가 나서게끔만 만들면 결과는 보장된 것이었다. 일단
켈리언이 손을 대게끔만 만들면 그는 어떤 일이 있어도 일을
마무리 지을 것이었다. 그는 물러섬이 없는 사람이었다. 그는
이렇게 해서 한때는 동료였지만 이제는 훌쩍 자라 몰라보게 된
회색곰 잭의 흔적을 추적했다.

사냥꾼은 백스테어 골짜기로 곧장 향했고 바위 위 높은 곳에
웅크리고 있는 양을 발견했다. 그는 골짜기 입구에서 희생된 지
얼마 되지 않은 양 두 마리의 잔해를 보았고 남겨진 흔적으로
보아 곰은 중간 크기 정도의 몸집을 지닌 놈이라는 사실을 알아
냈다. 그는 회색곰이 양 떼를 구석으로 몰기 위해 만들어 놓은

길에서는 아무것도 보지 못했다. 그는 양들을 찾아야 했다. 그런데 양 떼는 겁에 질려 높은 바위 위에 멀뚱히 서 있었다. 골짜기로 내려오느니 차라리 굶어 죽겠다는 태도가 역력했다.

랜이 양 한 마리를 끌어내리자 녀석은 곧장 다시 올라갔다. 이제 상황이 어떠한지를 알아차린 그는 골짜기 밖에다 덤불로 작은 우리를 만들어 이 우둔한 짐승을 한 마리씩 끌어 가두었다. 그는 한 마리를 빼고는 양들을 모두 죽음의 감옥에서 빼내와 우리에 가두었다. 그러고 나서 양들이 골짜기 안으로 들어가지 못하도록 입구를 가로지르는 울타리를 급히 만든 다음 양을 우리 밖으로 몰았다. 그는 서둘지 않고 양들을 나머지 양 떼가 있는 곳으로 몰고 갔다.

목적지까지는 불과 10, 11킬로미터에 불과했지만 랜은 밤이 늦어서야 도착을 할 수 있었다.

탐피코는 약속했던 사금의 반을 기꺼이 넘겨 주었다. 그날 밤 두 사내는 함께 야영을 했고 곰은 물론 나타나지 않았다.

아침이 되자 랜은 다시 골짜기로 되돌아왔고 예상했던 대로 곰이 이곳에 나타나 전날에 남겨 두었던 양 한 마리를 먹어 치웠다.

사냥꾼은 곰이 먹다 남은 양의 잔해를 공터에 모아 놓았다. 공터에는 바짝 마른 회색곰의 털이 이곳저곳 남아 있어 놈의 흔적을 알아볼 수 있었다. 그런 다음 그는 높이 10미터의 나뭇가지 위로 올라가 담요를 깔고는 잠을 잤다.

　노련한 곰은 같은 장소에 사흘 밤을 잇달아 나타나지 않는다. 그리고 영리한 곰은 하룻밤 만에 변해 버린 길은 피한다. 재주 있는 곰은 움직일 때 절대 소리를 내지 않는다. 그러나 잭은 노련하지도 영리하지도 재주가 많지도 않았다. 녀석은 양 무리를 사냥하러 골짜기를 네 차례나 찾아왔다. 녀석은 맛난 양뼈를 찾아 자신이 남겨 두었던 흔적을 곧장 쫓아왔다. 그곳에서 인간이 남긴 흔적을 보았지만 그곳에는 녀석을 끌어들이는 무엇인가가 있었다. 녀석은 마른 가지를 밟으며 성큼성큼 다가왔다. "탕!" 총성이 났다. "탕-탕!" 총성이 또 이어졌다. 켈리언은 나뭇가지 위에 만든 잠자리에서 일어나 눈에 힘을 주고 어둠 속을 노려보았다. 그러자 양뼈를 모아 두었던 공터로 검은 형체가 다가서는 것이 보였다. 사냥꾼의 총이 불을 뿜었고 곰은 비명을 지르며 덤불 속으로 방향을 틀어 맹렬히 달아났다.

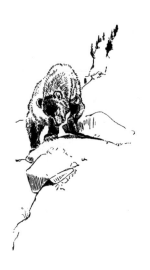

9

불과 물

그것이 잭이 받은 첫 번째 총알 세례였다. 총알은 등에 깊은
상처를 남겼다. 녀석은 고통과 분노로 울부짖으며 덤불 속을
한 시간 넘게 헤집고 달렸다. 그러고는 주저앉아 상처를 핥으
려 했지만 혀가 닿지를 않았다. 고작 나무에 상처 부위를 문댈
수 있을 뿐이었다. 녀석은 탈락 산 쪽으로 계속 길을 잡았고 바
위가 무너지며 만들어진 동굴 안에 누워 휴식을 취했다. 태양
이 높이 떠올랐지만 녀석은 고통으로 여전히 몸을 이리저리 굴
렸다. 그때 동굴 안으로 무언가 불에 타는 이상한 냄새가 스며
들었다. 냄새는 점점 심해졌고 눈을 뜰 수 없을 정도로 짙은 연
기가 주변을 에워쌌다. 연기는
숨이 막힐 정도로 짙어졌

고 녀석은 끝내 견디지 못하고 동굴 밖으로 뛰쳐나왔다. 연기가 더 이상 참을 수 없도록 집요하게 따라오자 녀석은 동굴로 향하는 길을 벗어나 떴었다. 떴어가던 녀석의 눈에 멀리서 사람 하나가 길가에서 나무를 던져 불을 지피는 광경이 보였다. 바람의 냄새가 '이 사람이 지난 밤 양을 지키던 바로 그 사람'이라는 사실을 알려 주었다. 이상하게도 숲 안으로는 나무 위 좁은 공간을 제외하고는 연기가 스며들지 않았으므로 잭은 편안히 걸을 수 있었다. 산등성이를 넘어서자 장과가 보였다. 녀석은 마지막 양을 사냥한 이후로 아무것도 먹지 못했으므로 한두 시간을 이리저리 헤매며 열매를 따먹고 뿌리를 파헤쳐 먹었다. 그때 연기가 짙어지고 냄새도 더 심해졌다. 냄새로부터 벗어나려고는 했지만 서두르지는 않았다. 새와 사슴, 숲토끼들이 녀석을 빠르게 지나갔다. 어디선가 요란한 소리가 들려왔다. 소리는 점점 커져 갔고 점점 가까워졌다. 잭은 몸을 돌려 자신을 스쳐 지나가는 동물들을 뒤따라 달렸다.

온 숲이 불타오르고 있었다. 바람이 솟구쳤고 이에 힘을 얻은 불길이 달리는 야생마처럼 빠르게 퍼져나갔다. 잭은 도대체 무슨 영문인지를 몰랐으나 본능은 머리 위의 검은 연기와 탁탁 소리를 내며 빠르게 퍼지는 불길, 아래쪽에서 훅 끼쳐 오는 열기를 피하라고 경고하고 있었다. 녀석은 숲 속 동물들과 함께 뒤로 달아났다. 회색곰은 험한 지역에서는 감히 따라 잡을 수 있는 동물이 거의 없을 정도로 빠르다. 그런데도 뜨거운 바람을 따돌릴 수가 없었다. 녀석은 위기감을 넘어 거의 공포를 느꼈다. 이전까지 전혀 느껴 보지 못했던 공포였다. 이곳에서는 녀석을 대적할 상대도 녀석이 대항해야 할 상대도 없었기 때문이다. 이제 불길은 녀석을 사방으로 에워쌌다. 무수한 새와 토끼, 사슴이 무서운 불길을 피해 산 아래로 달아났다. 녀석은 불길이 덮쳐 오기 전까지 힘없는 동물들이 숨어 살던 수풀과 관목림을 거세게 헤쳐 나갔다. 털이 불길에 그을렸지만 상처 따위를 돌볼 겨를이 없었고 오직 탈출해야겠다는 생각밖에는 나지 않았다. 반쯤은 불에 구워지고 반쯤은 연기로 시야가 막힌 회색곰의 눈에 잡목림 너머로 빈 공간이 보였다. 제방을 넘어 작은 못으로 뛰어들었다. 불이 붙은 등 쪽 털에서 '치익' 하는 소리가 났다. 녀석은 차가운 물을 들이키며 불길이 없는 안전한 곳으로 허둥지둥 내려갔다. 녀석은 최대한 숨을 참으며 물속에 웅크리고 있다가 조심스레 머리를 들어올렸다. 하늘은 온통 불길로 뒤덮여 있었다. 공중에 떠다니던 무수한 재와 불붙은 나뭇가지가 치익 소리를 내며 물 위로 떨어졌다. 공기는 뜨거웠지만 이따금씩 숨을 쉴 정도는 되었으므로 녀석은 잠수가 힘들 정도로 폐를 공기로 채웠다. 숲 속에 있던 동물들이 못 안으로 몰려들었다.

일부 동물은 불에 탔고 일부 동물은 죽었다. 덩치가 작은 일부 동물은 못 가장자리에 몰려 있었고 덩치가 좀 더 큰 일부 동물은 못 깊은 곳에 몰려 있었다. 그런데 그중 누군가가 녀석의 바로 옆에 있었다. 그렇다. 녀석은 그 냄새를 알고 있었다. 시에라 산맥 숲을 온통 태우고 있는 불길도 나뭇가지 위에서 녀석에게 총을 쏜 그 사냥꾼의 정체를 감춰 주지 못했다. 회색곰은 몰랐지만 사냥꾼은 정말 하루 종일 녀석을 뒤쫓았고 연기로 녀석을 은신처에서 끄집어내기 위해 숲에 불을 놓은 것이다.

둘은 여기 이곳 못의 끝 가장 깊은 곳에서 서로 얼굴을 맞대고 있었다. 둘 사이의 거리는 3미터에 불과했고 6미터 이상으로 거리를 벌릴 수도 없었다. 불길이 참을 수 없을 만큼 거세졌다. 곰과 사람이 급히 숨을 들이쉬고는 물속으로 머리를 담갔다. 그러면서도 둘은 머리를 짜내 상대의 다음 행동을 추측해 보았다. 30초 후, 물 밖으로 머리를 내민 둘은 상대가 다가오지 않자 안도했다. 둘은 코와 한쪽 눈을 수면 위로 내밀고 있었다. 그러나 뜨거운 불길은 한층 거세게 타올랐다. 둘은 다시 물속으로 몸을 담갔고 되도록 물속에서 오래 버티었다.

불길이 내는 소리가 마치 허리케인이 불어올 때 나는 소리 같았다. 거대한 소나무가 못을 가로지르며 넘어갔다. 사냥꾼이 거의 깔릴 정도로 바로 옆으로 말이다. 물보라가 일어나며 나무에 붙었던 불이 꺼져 갔지만 그러면서 발생한 열기 때문에 사냥꾼은 곰 쪽으로 약간 자리를 옮겨야 했다. 또 다른 나무 하나가 못 한쪽 모퉁이로 넘어지며 코요테 한 마리를 덮치고는 먼저 쓰러진 나무 위에 십자로 걸쳤다. 나무가 겹친 부분이 맹렬히 타올랐고 곰은 불을 피해 사냥꾼 쪽으로 좀 더 다가갔다. 이제 그 둘은 손을 뻗으면 닿을 정도로 가까운 거리에 있었다. 쓸모없게 된 총은 못가 근처 얕은 물속에 팽개쳐져 있었지만 그는 자신을 보호하기 위해 칼을 준비해 두고 있었다. 화염이 난무하는 곳에서 필요한 것은 칼이 아니라 평화였다. 곰과 사람은 물속을 들락거리고, 숨을 쉬느라 코를 물 밖으로 내밀고, 한쪽 눈으로 적의 동정을 살피느라 한 시간을 넘게 보냈다. 화염의 폭풍이 지나갔다. 숲은 여전히 연기로 자욱했지만 숨을 쉴 수 없을 정도는 아니었기에 곰은 못에서 몸을 일으켜 얕은 물가로 나와 바로 숲으로 사라져 갔다. 사내는 곰의 털투성이 등에서 붉은 피가 흘러나와 못을 물들이고 있는 것을 흘끗 바라보았다. 길가에 흘린 피는 사냥꾼의 눈을 피해 나가지 못할 것이었다. 그는 이 곰이 백스테어 골짜기의 바로 그 곰임을 알았다. 이놈이 바로 그링고 곰이었다. 그러나 그는 이 곰이 예전

73

에 자신이 키웠던 바로 회색곰 잭이었음을 알지 못했다. 그는
회색곰이 나왔던 못 반대편으로 기어 나왔고 쫓는 자와 쫓기는
자는 제각각 반대편으로 사라져 갔다.

10

회오리

불길이 탈락 산의 서쪽 경사지를 몽땅 휩쓸었으므로 켈리언
은 아직 숲이 남아 있는 동쪽 경사지에 지은 새 오두막으로 거
처를 옮겼다. 이는 꿩이나 토끼, 코요테, 회색곰 잭 역시 마찬가
지였다. 녀석의 상처는 빠르게 아물어 갔지만 총 냄새에 대한
기억은 지워지지 않았다. 그것은 위험한 냄새로 연기를 내는
낯설고도 무시무시한 종류의 냄새였다. 그것은 녀석이 반드시
알아야 할 냄새로 사실 곧 다시 만나게 될 냄새였다. 잭은 새끼
시절의 즐거운 기억을 상기시키는 달콤한 냄새를 쫓아 탈락 산
경사지를 어슬렁거리며 내려왔다. 지금은 잊고 있지만 바로 꿀
에서 나는 냄새였다.

꿩 한 무리가 녀석의 발길을 여유롭게 피해 낮은 나무 위로

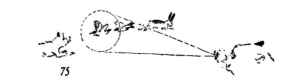

75

날아올랐다. 그때 녀석은 사람의 냄새를 맡았고 뒤이어 양 우리에서 녀석을 쏘았던 것과 같은 탕 하는 굉음이 들려왔다. 그러지 녀석 근처에 있던 꿩 한 마리가 바다으로 떨어졌다. 녀석은 앞으로 다가가 코를 킁킁거리며 냄새를 맡았고 그 순간 남자 하나가 반대편에서 다가왔다. 둘의 거리는 3미터도 채 되지 않았고 서로는 상대방을 알아보았다. 사냥꾼은 이놈이 화상과 옆구리 부상을 입은 곰임을 알아보았고 곰은 총신에서 나는 연기와 가죽옷 냄새를 맡았다. 곰은 번개가 몰아치듯 뒷발로 재빨리 일어섰고 사냥꾼은 놀라 뒷걸음질을 쳤다. 사내가 무언가에 걸려 넘어지자 곰이 그를 덮쳤다. 사냥꾼은 땅에 얼굴을 박고 죽은 듯 누워 있었다. 그런데 잭이 사냥꾼을 후려치려는 찰나 어떤 냄새를 맡고는 동작을 멈췄다. 포로에게서 나는 냄새였다. 그 냄새는 과거라는 무대의 막을 올리는, 그리고 과거의 기억을 불러내는 냄새였다. 사냥꾼의 오두막에서 보냈던 시절은 이미 잊었지만 그 시절의 느낌은 코끝이 보내는 지령에 따라 되살아날 채비를 갖추고 있었다. 녀석은 참을 수 없는 분노를 가라앉히느라 숨을 깊이 들이켰다. 회색곰의 기세가 달라졌다. 녀석은 뒤로 돌아서더니 사냥꾼을 그대로 둔 채 조용히 사라졌다.

　오, 장님이 총을 든 격이라. "곰이 어떻게 나올지는 알 수가 없어. 하지만 곰에게 몰렸을 때는 납작 엎드리는 게 최고야." 그

는 이 말밖에는 더 할 말이 없었다. 그 털북숭이 야수가 천성적으로 선량하게 태어났다고 생각할 수는 없었다. 그는 양치기에게 못에서 벌어졌던 상황과 자신이 곰의 등에 총을 쏘아 맞추었다는 것, 숲에서 불 때문에 녀석의 흔적을 놓쳤다는 사실을 얘기했다. "오두막 밑에서 녀석이 갑자기 나타나 나를 덮쳤을 때는 이제 죽었구나 하고만 생각했지. 왜 나를 공격하지를 않았는지 모르겠어. 그런데 이봐, 페드로. 저 위쪽 초지에서 양을 공격한 곰과 울타리에서 양을 공격한 곰은 같은 놈이야. 뒷발자국 분명히 봤지. 곰마다 발자국이 다 달라. 이놈의 발자국은 한결 같은 모양을 유지하고 있지."

"제길, 그럼 내가 보았던 5미터짜리 곰은 뭐야?"

"그때가 밤이었겠지. 자네는 양 떼를 지키고 있었을 테고. 하지만 염려하지 말게. 놈을 잡고야 말겠어."

이렇게 해서 켈리언은 언제 끝날지 모르는 사냥을 다시 시작했고 곰을 함정에 빠뜨릴 온갖 수단을 동원했다. 루 보나미도 사냥에 합류했다. 그의 누런 잡종개에게 추적을 맡기기 위해서였다. 그들은 짐을 실은 말 네 마리를 끌고서 능선을 넘어 잭 봉우리와는 반대편에 있는 탈락 산 동쪽 경사지로 내려갔다. 폴른리프 호수 방향의 잭 봉우리는 켈리언이 자신이 키웠던 새끼 곰을 잊지 못해 붙인 이름이었다. 사냥꾼은 자신이 추적하고 있는 그리고 곰뿐만 아니라 다른 곰도 이곳에서 찾을 수 있으리라고 믿었다. 이곳은 화재를 비껴간 지역이었기 때문이다.

그들은 시둘리 친막을 치고 그 위를 친으로 덮었다. 비를 피하려기보다는 그늘을 만들기 위해서였다. 그리고 말들을 풀밭에 말뚝으로 매어 놓고 사냥을 나섰다. 리프 호수를 한 바퀴 돌고 나자 동물의 개체 수라는 좋은 생각이 떠올랐다. 사슴의 수가 많다면 흑곰이 몇 마리 있을 테고, 북미검은곰과 회색곰이 한두 마리 있을 터였다. 켈리언은 호수가를 따라 난 길을 가리키며 짤막하게 말했다. "저게 그놈이야."

"페드로가 보았던 그링고 말인가?" "그래. 5미터나 되는 회색곰이지. 낮에 보면 2미터 정도 될 거야. 하지만 밤에는 더 커보이지." 이렇게 사냥꾼들은 누런 잡종개를 앞세워 추적에 나섰다. 컹컹 짖어 대며 뛰는 잡종개를 그들은 전속력으로 쫓아가면서 속도를 줄이라고 가끔씩 개에게 소리쳤다. 이런 것들이 꽤나 큰 소음을 만들어 냈으므로 그들로부터 산 위쪽으로 1.5킬로미터 정도 떨어진 경사지를 느긋이 걷고 있던 그링고 잭에게도 이 소리가 전해졌다. 잭은 코가 지시하는 대로 먹을 것을 찾고 있었으므로 맞바람을 안고 있었다. 뒤에서 나는 소리가 특이했으므로 녀석은 그 냄새를 맡고 싶어 했고 소리가 나는 쪽으로 몸을 돌려 뒷바람을 받고 산을 내려갔다. 이렇게 해서 녀석은 사냥꾼과 개의 흔적을 만나게 되었다.

녀석은 코를 통해 단번에 알 수 있었다. 바로 이곳에 자신이 다정하게 따라다녔던 사냥꾼과 예전에 혐오했었던 두 존재의 냄새가 있다고. 그런데 지금은 이 셋에게서 적에서나 나는 냄새가 났다. 녀석은 '으르렁' 하는 의미심장한 소리를 나지막이 뱉어 냈다.

특히 까맣게 잊고 있었던 개 냄새가 녀석을 자극했다. 그리고는 빠르지만 은밀하게, 정말이지 믿을 수 없을 정도로 은밀하게 적의 흔적을 따라갔다.

개는 험한 바위투성이 길을 곰보다 빠르게 뛰지 못했고, 사냥꾼의 느린 발이 빈번히 개의 발목을 잡았으므로 곰은 어려움 없이 그들을 따라잡을 수 있었다. 호기심이 좀 동했는지 녀석은 100미터 정도의 거리를 두고 그들을 쫓았다. 곰은 개를 쫓고 개는 곰을 쫓는 묘한 상황이 벌어졌다. 바람의 방향이 바뀌자 개는 뒤에서 쫓아오는 곰의 냄새를 맡았다. 곰의 냄새를 맡은 개는 이제껏 쫓던 냄새를 무시하고 몸을 돌려 요란스레 짖고는 뒤로 훌쩍 물러섰다. 그러고는 털을 뻣뻣이 세웠다.

"저 녀석이 왜 저러지?" 보나미가 나지막이 물었다.

"물론 곰 때문이지." 사냥꾼이 대답했다. 그러자 개가 훌쩍 뛰어오르더니 적을 향해 곧장 달려갔다.

잭은 개가 달려오는 소리를 들었고 그 냄새를 맡았으며 급기야 놈이 달려오는 모습을 보았다. 자신을 자극했던 바로 그 냄새, 새끼 시절 자신을 괴롭혔던 바로 그 냄새였다. 그 시절에 느꼈던 분노가 다시금 치밀어 올랐다. 영리한 잭은 나무 밑으로 난 길 한쪽에 등을 내고 관목에 몸을 숨겼다. 직은 폭군이 다가오자 잭은 놈을 후려쳤다. 몇 년 전 개를 후려친 바로 그 동작이었지만 다 큰 곰이 뿜어내는 그 힘은 전과는 비교가 안 되었다. 두 번 칠 필요도 없이 개는 깨갱 소리도 못 지르고 즉사했다. 30분을 헤맨 끝에 현장에 도착한 사냥꾼들은 침묵만 남은 그곳에서 어떤 상황이 벌어졌는지를 알아챘다.

"이놈을 반드시 잡고야 말겠어." 보나미가 중얼거렸다. 욕먹을 짓을 할지언정 보나미에게는 소중한 개였다.

"이놈은 페드로의 양을 습격한 그 그링고야. 좋아. 놈은 교활해서 놈만 아는 뒷길로 갔을 거야. 아직 놈을 잡을 수 있어." 그들은 목숨을 걸고 곰을 죽이겠다는 맹세를 했다.

개가 죽었으므로 그들은 사냥 계획을 새로 짜야만 했다. 그들은 함정을 만들 장소를 몇 군데 골랐다. 함정을 만들려면 지지대가 있어야 하므로 나무가 쌍으로 서 있는 장소를 찾았다. 그런 다음 보나미는 땅을 다졌고 켈리언은 도끼를 가지러 천막으로 되돌아왔다.

켈리언이 천막 근처에 이르렀을 때 그는 습관적으로 발길을 멈추고는 1분 동안 전방을 살펴보았다. 그가 다시 발길을 옮기려는 순간 무언가가 움직이는 것이 눈에 잡혔다. 그곳에서 곰이 엉덩이를 깔고 앉아 천막을 내려다보고 있었다. 불에 타서 갈색으로 변색된 머리와 목, 그리고 등 양쪽으로 난 흰색 반점으로 보아 틀림없이 켈리언과 페드로가 대면했던 그링고였다. 거리는 멀었지만 그는 총을 들어 사격 자세를 취했다. 막 쏘려는 찰나 갑자기 곰이 머리를 숙이더니 뒷발을 들고 상처 부위를 혀로 핥았다. 이 때문에 곰의 머리와 가슴이 총구와 거의 일직선으로 서게 되었다. 틀림없이 명중시킬 수 있었다. 그런데 명중을 확신한 나머지 냉정을 잃었다. 총알은 머리와 어깨를 벗어났다. 묘하게도 총알은 곰의 입과 뒷발가락을 맞추었고 곰의 이빨 하나와 발가락 하나를 날려 버렸다. 회색곰은 비명을 지르며 펄쩍 뛰었고 언덕을 가르며 사냥꾼에게 돌진해 내려왔다. 켈리언은 나무 위로 올라가 총을 쏠 준비를 했지만 둘 사이에는 천막이 쳐져 있었다. 돌진하던 곰은 대신 천막으로 달려들었다. 앞발을 한 번 휘두르자 천막이 쭉 찢어지며 무너져 내렸다. 또 한 번 휘두르자 쨍그렁 하고 그릇이 날아갔으며, 다시 한 번 휘두르자 퍽 하고 밀가루 봉지가 날아갔고 또 한 번의 타격으로 봉지가 터지며 밀가루가 연기처럼 흩어졌다. 곰의 주먹질에 자질구레한 살림들을 넣어 둔 상자가 부서지며 모닥불 속으로 굴러갔다. 쿵 하는 소리와 함께 뒤이어 탄약 상자도 굴러들어 갔다. 쾅 하는 소리와 함께 물통이 깨졌으며 펑 하는 소리와 함께 컵이 산산조각이 났다.

안전하게 나무 위로 올라가 있던 켈리언은 시야가 가려 총을 쏠 수가 없었다. 그는 소동이 가라앉을 때까지 잠시 기다려야만 했다. 곰은 코르크 마개로 느슨하게 막혀 있는 병 하나를 우연히 보았다. 녀석은 능숙하게 앞발로 병을 잡아 코르크 마개를 비틀어 뽑아 버리고는 예전에 맥주를 마셨던 경험을 살려 마셨다. 익살스런 묘기를 부려 마셨던 것이 무엇이었든 간에 그것으로는 녀석의 화가 가라앉질 않았다. 녀석은 마시던 것을 뱉어 내고는 병을 내던졌다. 켈리언은 놀라서 이 모습을 쳐다보았다. 모닥불에서는 "탕! 탕! 탕!" 하는 심상치 않은 굉음이 들려왔다. 탄약통 안의 총알이 한 발씩, 두 발씩, 네 발씩, 급기야는 대량으로 터졌다. 그링고는 눈에 띄는 모든 것을 박살 내며 주변을 돌았다. 녀석은 그해 7월 4일에 들었던 그 소리를 싫어했으므로 비탈길로 뛰어 초지 쪽으로 쿵쿵거리며 달려내려 갔다. 처음으로 사냥꾼의 과녁에 그링고가 걸려들었지만 매어 놓은 말들이 질겁하고 도망을 쳤다. 총알은 녀석의 옆구리 살을 뜯었고 그링고는 숲 속으로 사라졌다.

사냥꾼들은 철저히 패배했다. 털복숭이 방문객이 준 피해를 복구하는 데 꼬박 한 주가 걸렸으며 총알과 식량, 야영 장비를 구하고 천막을 수리하느라 폴른리프 호수까지 다시 한 번 다녀와야 했다. 그들은 곰을 잡자는 약속에 대해서는 말을 아꼈다. 그들은 당연히 이것이 끝장을 봐야 할 싸움이라고 생각했다.

그들은 '그놈을 잡는다면'이라는 말 대신에 '그놈을 잡았을 때'
라는 말을 했다.

· 11 ·

여울

성격이 포악하면서도 신중한 그링고는 자신이 무너뜨린 야영지를 벗어나면서 산의 긴 경사지와 멀리 남쪽의 경사지를 살펴보았다. 누워 쉬면서 상처도 치료하고 깨져 흔들리는 이빨로 인해 깨질듯이 아픈 머리의 고통을 가라앉힐 겸 관목림 속 휴식처를 찾는 중이었다. 녀석은 그곳에서 하루 밤낮을 누워 보냈다. 때로는 엄청난 고통이 몰려왔음에도 몸을 움직일 마음이 들지 않았다. 그러나 둘째 날이 되자 배가 고픈 나머지 휴식을 멈추고 코로 바람이 전하는 냄새를 맡으며 가까운 능선으로 발걸음을 옮겼다. 사냥꾼의 냄새가 났다. 녀석은 어찌할 바를 모르고 잠자코 앉았다. 냄새가 한층 강해졌고 무언가를 짓밟는 소리가 났다. 소리가 점점 가까워지면서 관목림

이 양 옆으로 벌어지더니 말을 탄 사람이 나타났다. 말은 콧김을 한번 불고는 반대편으로 돌아서려고 했지만 능선이 너무 좁아 한 발자국만 잘못 디뎌도 심각한 결과를 가져올 수 있었다. 카우보이는 손으로 말을 붙들었다. 그에게는 총이 있었지만 길을 막고 깜박이는 눈으로 자신을 쳐다보고 있는 맹수에게 총을 쏘려는 시늉조차 하지 않았다. 그는 노련한 산사람으로 인디언들이 먼 옛날부터 사용해 왔던 비결을 지금 쓰는 중이었다. 사실 그는 이 비결을 인디언들로부터 배웠다. 그는 '자신의 목소리에 주술적 힘을 불어넣기' 시작했다.

"자, 여기를 보렴, 곰아." 그는 큰 소리로 명했다. "너에게는 아무 짓도 안 할 거야. 난 네게 유감이 없어. 그러므로 너도 내게는 악의를 가져서는 안 돼."

"으르릉." 곰이 낮고도 깊게 그르렁댔다.

"내게는 총이 있지만 네게 해를 끼치고 싶은 생각은 없어. 내가 바라는 건 내가 길을 갈 수 있도록 네가 한 발만 옆으로 비켜 주는 것뿐이야. 그러면 난 볼일을 보러 떠나갈게."

"그르르르-릉, 와왕." 그링고가 으르렁거렸다.

"이봐, 친구. 정말이야. 나를 이대로 두면 나도 너를 건드리지 않을게. 내가 바라는 건 5분만 지나가도록 해달라는 거야."

"그르릉- 그르-와왕-왕." 곰이 대답했다.

"너도 알다시피 이 길 말고는 다른 길이 없어. 네가 길을 막

9미터 몸집의 곰

고 있잖아. 돌아설 수가 없으니 난 이 길을 가야 해. 이봐. 넌 날 그냥 보내주고 나는 네게 총을 쏘지 않고. 좋은 거래잖아?"

그링고는 이 인간이 기묘하고도 악의 없는 단조로운 목소리로 말하는 바를 듣고는 마지막으로 그르렁거리며 눈을 깜박이고는 일어나 경사길을 어슬렁거리며 내려갔다. 카우보이는 내키지 않아 하는 말을 몰고는 이곳을 지나갔다.

"허헐," 그가 낄낄댔다. "이 방법은 실패한 적이 없지. 곰들은 다 똑같거든."

그링고에게 생각이 있었다면 녀석은 아마 이렇게 말했을 것이다. "분명히 이 인간은 새로운 종류의 인간이야."

소용돌이, 못, 그리고 범람

그렁고는 냄새로 사방을 살피며 돌아다녔다. 녀석의 코에 장과, 나무뿌리, 꿩, 사슴 냄새들이 수없이 스쳐 지나갔다. 그러다가 강한 힘으로 녀석을 유혹하는 기분 좋은 냄새를 맡게 되었다.

이 냄새는 양이나 사냥감 또는 죽은 동물의 사체에서 나는 냄새가 아니라 살아 숨 쉬는 고기 냄새였다. 녀석은 코를 안내인 삼아 넓지 않은 초지로 들어섰고 그곳에서 그것들을 발견했다. 모두 다섯이었는데 붉은 형체, 아니 붉고 흰 색들이 뒤섞인 형체로 자신만큼이나 덩치들이 컸다. 그러나 녀석은 전혀 두려움을 느끼지 않았다. 사냥꾼의 본능이 녀석에게서 꿈틀거렸고 사냥꾼의 용기가 솟아났으며 성취욕이 북돋아 올랐다. 녀석은 냄새를 맡기 위해, 그리고 그것들이 자신의 냄새를 맡지 못하

게끔 맞바람을 안고 살금살금 다가갔다. 녀석은 숲 끄트머리까지 기어갔다. 발각되지 않으려면 여기에서 멈추어야 했다. 비로 옆에 샘이 있었다. 녀석은 조용히 물을 마시고는 전방을 살필 수 있는 관목림 속에 엎드렸다. 이렇게 한시간이 지났다. 해는 기울고 있었고 가축들이 일어나 풀을 뜯었다. 그중 덩치가 작은 한 놈이 곰의 앞을 맴돌더니 무슨 용무가 생각났는지 돌연 샘 쪽으로 다가왔다. 그링고는 기회를 엿보고 있다가 놈이 진흙 속에서 허둥대자 뒷발로 일어서서 온힘을 다해 후려쳤다. 머리를 겨냥해 곧장 스트레이트를 날린 것이다. 안타깝게도 그링고는 뿔 달린 짐승과 대면한 적이 없었다. 돌돌 말린 날카로운 어린놈의 뿔이 녀석의 발을 맞받아치면서 깨져 버렸다. 곰에게서 힘이 쭉 빠져나갔다. 소는 쓰러졌지만 그링고가 받은 대가도 만만치 않았다. 앞발을 다치자 분노가 치솟아 올랐다. 소들이 성급히 달아났다. 회색곰은 어린 암소를 입에 물고는 언덕을 넘어 은신처로 걸음을 옮겼다. 그리고 물고 온 암소를 바닥에 내려놓고는 다시 엎드려 상처를 돌보았다. 상처 부위가 아파왔지만 그다지 심각할 정도는 아니어서 한 주 정도가 지나자 회색곰 잭은 몸집이 커감에 따라 영역을 넓혀 온 폴른리프 호주 주변의 숲이나 산의 서쪽이나 동쪽으로 더 먼 곳까지 오갈 수 있었다. 제왕이 자신의 왕궁으로 귀환한 것이다. 간간이 녀석은 다른 곰과 만나 힘을 겨루었다. 때로는 이기기도 하고 때로는 지기도 했으나 날이 갈수록 녀석의 덩치는 커져 갔으며 커지는 덩치에 비례해 아는 것과 힘도 함께 늘어났다.

켈리언은 계속해서 녀석을 쫓았고 녀석이 다른 곰과 구별되는 한두 가지 큰 특징이 있다는 사실을 알아냈다. 녀석을 추적해 온 결과 앞발에 둥그런 상처가 있고 뒷발에도 상처가 있다는 것이었다. 그러나 한 가지 다른 특징이 있었다. 사냥꾼은 곰에게 총을 쏘았던 야영지에서 뼈 조각 하나를 주었는데 이것을 꼼꼼히 살펴본 후 이것이 엄니 조각이라고 추측했다. 그는 자신이 쏜 한 발로 곰의 이빨과 뒷발을 동시에 맞추었다는 사실을 확신하지는 못했으나 후에 찾은 증거를 보고는 진상을 좀 더 명확히 알 수 있었다.

어떤 동물도 두 놈이 똑같은 동물은 없다. 무리를 지은 동물은 그렇지 않은 동물보다 유사한 점이 더 많다. 그러나 홀로 살아가는 회색곰은 개성이 더 강하다. 대개 회색곰들은 나무에 등을 문대기 때문에 그 키를 가늠해 볼 수 있다. 어떤 회색곰들은 나무에 달려들어 앞발로 긁어 놓고 어떤 회색곰들은 앞발로 나무를 껴안고 뒷발로 긁는다. 특이하게도 그링고는 먼저 나무를 등으로 문댄 후 뒤돌아서서 이빨로 나무줄기를 찢어 버리는 습성을 보였다.

어느 날 켈리언은 나무에 난 곰의 흔적을 조사하다가 이 사

실을 알아냈다. 아침 내내 곰의 흔적을 찾고 있던 그는
먼지가 날리는 오솔길에서 미세한 흔적 몇 개를 찾아냈다.
그는 너석이 뒷발기락에 총상을 입었고 앞발에는 소의 뿔에 받
혀 뒷발과 같은 방향으로 크고 둥근 상처를 입었음을 알아냈
다. 그는 그링고의 흔적이 남아 있는 나무를 살펴보고는 그 흔
적이 곰이 이빨로 긁어 대서 생긴 것이라는 것과 엄니가 부러
졌다는 사실을 알아냈다. 이로서 이것이 놈의 흔적이라는 것이
명확해졌다.

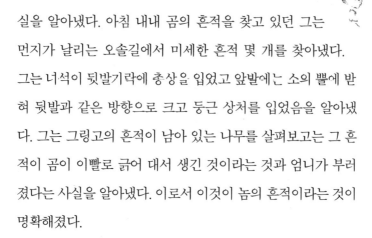

"바로 그놈이야." 랜이 동료에게 말했다.

그들은 아직까지 녀석을 찾지 못했으므로 몇 개의 덫을 설치
했다. 덫은 묵직한 통나무로 만들었고 판자를 잘라 미닫이문도
달아 놓았다. 한쪽 끝에 설치한 격발 장치에는 먹이를 달아 놓
았다. 당기면 문이 떨어져 닫히게끔 만든 장치였다. 그들은 이
덫 네 개를 만드느라 꼬박 일주일을 힘들게 작업했다. 곰은 미
심쩍어 보이는 물건이 보이면 가까이 접근하려 하지 않았으므
로 그들은 이 덫 네 개를 시간차를 두고 설치했다. 어떤 곰들은
물건이 오래되어 색이 바랄 때까지 이것에 접근하려 하지 않는
다. 이런 까닭에 그들은 통나무를 다듬어서 그 위를 진흙으로
바르고 내부를 썩어 가는 고기로 문댔으며 격발 장치에 잡은
지 오래된 사슴 고기 한 덩이를 매달아 두었다.

사람의 냄새를 먼저 지워야 했으므로 그들은 사흘 동안 덫을

설치한 주변으로는 접근하지 않았다. 그러다가 그들은 덫 하나가 작동을 해서 문이 닫혀 있는 것을 보았다. 보나미는 크게 흥분했다. 근처에서 회색곰의 흔적을 보았기 때문이다. 그런데 켈리언이 땅을 살펴보더니 갑자기 크게 웃기 시작했다.

"저것 보게나." 그는 곰의 흔적 같은 것을 가리켰다. 그것은 길이가 채 5센티미터도 되지 않았다. "저 안에는 곰이 있을 거야. 꼬리에 털이 많은 곰 말이야." 보나미는 커다란 덫에 갇힌 것이 작은 스컹크임을 보고는 함께 웃었다.

"다음에는 먹이를 좀 더 높이 매달아 두자고. 격발 장치가 너무 예민하게 작동하지 않도록 하고."

그들은 신발을 상한 고기로 문지르고는 수색을 위해 떠나갔다. 그리고 한 주 동안은 덫을 살피러 오지 않았다. 어떤 곰은 나무뿌리와 장과를 주로 먹는다. 그리고 어떤 곰은 긴 산란기를 맞아 강을 거슬러 올 때 잡을 수 있는 커다란 연어를 가장 좋아한다. 또 어떤 곰은 고기를 특히 좋아한다. 그러나 이런 곰은 드물다. 곰들은 커 가면서 성격이 포악해지는 경향이 있으므로 제 명대로 사는 놈이 별로 없다. 그런 곰 중 하나인 그링고는 고대의 전투사마냥 억센 존재로 자라났다. 녀석은 열매나 나무뿌리를 즐겨 먹는 다른 곰보다 더 컸고 더 강했으며 더 사나웠다. 녀석은 또 꿀을 좋아했다. 녀석을 쫓고 있던 사냥꾼들은 녀석이 눈에 띄는 벌집을 모두 파헤치고, 설혹 벌집이 없다 하더라도 야생초에 종처럼 매달린 꽃들을 먹는다는 사실을 알았다. 갤리인은 이런 사실에 주목했다. "이봐, 보나미. 꿀을 찾을 수 있을 것 같은데."

벌을 유인할 꿀이 없으면 벌집이 있는 나무를 찾기가 어렵다. 그래서 보나미는 말을 타고 산을 내려와 인근에 양을 치고 있던 탐피코를 찾아 꿀 대신 설탕을 얻었다. 그리고 그것으로 시럽을 만들었다. 그런 다음 몇몇 곳에서 벌을 잡아 실로 꼬리표를 붙이고는 시럽을 발라 날려 준 후 꼬리표가 보이지 않을 때까지 지켜보았다. 그들은 벌집을 찾기 위해 벌이 날아간 방향으로 따라갔다.

그들은 벌집을 넣은 마대 자루를 격발 장치 위에 놓았다. 그날 밤 증기 기관으로 움직이는 바퀴처럼 지치지 않고 먹을 것을 찾아 수 킬로미터를 어슬렁거리던 그링고는 파수꾼 같은 코를 통해 달콤한 냄새를 맡았다. 그 어떤 것보다도 기분을 좋게 하는 냄새였다. 그링고 잭은 그 냄새를 따라 1.5킬로미터를 넘게 뛰어가 마침내 호기심을 자극하는 통나무 굴에 도착했다. 녀석은 멈추어 서서 코를 킁킁거리며 냄새를 맡아 보았다. 사냥꾼의 냄새가 풍겨 왔다. 그렇다. 그러나 무엇보다도 좋은 냄새였다. 녀석은 주변을 돌면서 바로 그것이 굴 안에 있음을 확인한 후 조심스럽게 안으로 들어갔다. 숲쥐 몇 마리가 옆을 잽싸게 지나갔다. 녀석은 미끼의 냄새를 맡아 보고는 그것을 혀로 핥다가 침을 흘리며 우물우물 씹어 보고서는 그 안을 헤쳐 내용물이 흐르도록 했다. 그때 뒤에 있던 육중한 문이 '쾅' 소리를 내며 잭을 가두었다. 녀석은 뒤로 돌아 문을 거세게 들이받았다. 위기감이 왔다. 문을 부수려 온 힘을 다해 들이받았지만 문은 너무 단단했다. 덫을 살펴보았다. 사방을 둘러싼 둥근 통나무들을 이빨로 뜯을 수 있을 것 같았다. 그러나 온갖 수를 써도 덫을 부술 수 없었고 바닥과 지붕을 헤집어 뜯으려 했지만 통나무들은 모두가 무겁고 단단했으며 못을 박아 하나로 연결되어 있었다.

녀석이 분노의 울음을 토하는 동안 해가 떠 문의 작은 틈을 통해 햇살이 비쳐 들었다. 온 힘을 다해 그 틈을 벌렸다. 문은 평평해서 잡을 곳이 없었지만 녀석은 앞발로 세게 치는 동시에 이빨로 틈을 찢으면서 판자를 뜯어냈다. 마지막 일격을 가하자 마침내 문이 뜯겨 나갔고 잭은 다시 자유의 몸이 되었다.

사냥꾼들은 마치 책을 읽듯 상황을 파악했다. 그렇다. 판자 조각이 모든 상황을 말해 주고 있었다. 덫을 드나든 흔적은 바로 뒷발가락이 뜯겨 나가고 앞발에 말뚝으로 박은 듯한 기묘한 둥근 상처가 난 곰의 흔적이었다. 한편 덫 내부에 설치한 통나무에는 약간 찢긴 흔적이 있었는데 깨진 이빨로 물어뜯어 난 흔적임을 알 수 있었다.

"이번에 놈을 잡았어야 했어. 놈은 우리에 대해 너무 많은 것을 알아 버렸어. 신경 쓰지는 말게나. 놈을 보게 될 거야."

그렇게 그들은 다시 너석을 잡을 작전에 들어갔고 꿀이 주는 유혹을 이겨 낼 수 없었던 녀석은 또다시 덫에 갇히고 말았다. 그러나 아침이 되어 그들이 발견한 것은 산산이 부수어진 덫의 잔해였다.

페드로의 형은 덫을 놓아 곰을 잡은 사람을 알고 있었으므로 이 양치기는 그를 통해 문이 강하기보다는 우선 가볍고 단단해야 한다는 사실을 배웠다. 그래서 그들은 덫의 외부를 모두 타르 종이로 발랐다. 하지만 그리고는 '우리 형태의 덫'에 대해서 알게 되었다. 녀석은 덫에 들어갈 때는 보이지 않았던 문을 부수지 않고, 미끼를 다 먹고 난 후에 문 밑에 발가락 하나를 넣고 문을 들어 올려 빠져나왔다. 이런 식으로 녀석은 사냥꾼들을 절망에 빠뜨렸고 덫을 조롱거리로 만들었다. 마침내 켈리언은 바닥에 홈을 만들어 문이 바닥과 밀착하게 함으로써 곰이 문 밑으로 발가락을 밀어 넣지 못하도록 했다. 그러나 지금은 추운 계절이었다. 시에라 산맥에 눈이 쌓여 갔고 곰의 흔적은 사라졌다. 사냥꾼들은 그링고가 겨울잠을 자고 있음을 알았다.

· 13 ·

깊어 가는 물길

4월이 되자 시에라 산맥에 쌓였던 눈이 녹아 바다를 향해 흘러 내려갔다. 캘리포니아 청딱따구리가 즐거이 우짖었다. 녀석들은 참나무 껍질 안에 숨겨 놓은 얼마 안 되는 도토리가 아쉬워서 우짖는지는 모르나 그것은 살아 있음에 대한 진정한 기쁨의 소리였다. 녀석들의 울음은 개똥지빠귀에게는 음악이었고 사람들에게는 환희에 찬 종소리였다. 녀석들은 떠들썩하게 우짖으며 환희의 노래를 불렀다. 사슴들은 껑충껑충 뛰어다녔고 꿩은 구구 울었으며 시냇물은 힘차게 흘러내렸다. 자연의 모든 것들이 기쁨에 겨워 소리를 내고 있었다.

켈리언과 보나미는 다시 회색곰을 잡으러 나섰다. "놈이 다시 나올 때가 됐어. 우묵한 땅에 눈이 많이 남아 있으니 놈을 쫓기도 좋아." 그들은 오래 이어질 사냥을 준비했다. 미끼로 쓸 꿀, 아어 턱같이 강한 강철 덫, 총이 준비물에 포함되었다. 낡아 가면서 기능이 더 좋아진 우리 덫은 수리를 하고 미끼를 새로 끼워 넣었는데 이미 흑곰 몇 마리가 이 덫에 갇혔다. 그러나 그링고는 덫을 피하는 법을 이미 알고 있었다.

녀석이 돌아다니기 시작했음을 사냥꾼들은 곧 알았다. 녀석은 겨울잠에서 깨어났다. 그들은 눈 위에 찍힌 발자국과 함께 그 옆으로 또 다른 작은 곰의 발자국이 나 있음을 보았다.

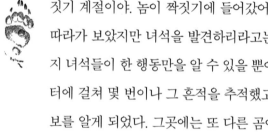

"이것 좀 보게나." 켈리언이 조그만 발자국을 가리켰다. "짝짓기 계절이야. 놈이 짝짓기에 들어갔어." 그는 잠시 발자국을 따라가 보았지만 녀석을 발견하리라고는 기대하지 않았다. 단지 녀석들이 한 행동만을 알 수 있을 뿐이었다. 그는 수 킬로미터에 걸쳐 몇 번이나 그 흔적을 추적했고 덕분에 여러 가지 정보를 알게 되었다. 그곳에는 또 다른 곰이 끼어든 흔적이 있었다. 바로 곰끼리 싸워 상대방 곰을 쫓아낸 흔적이었다. 한 쌍의 곰은 이동을 계속했다. 그는 바위로 된 비탈길 아래에서부터 난 흔적을 따라 큰 곰이 사랑의 잔치를 벌였던 곳까지 다시 한 번 추적했다. 반쯤 뜯어 먹힌 수소의 사체가 있었고, 땅에 난 흔적으로 보건대 잔치를 벌이기에 앞서 곰과 소는 격렬히 싸웠던 듯했다. 곰은 힘을 과시라도 하듯 소의 콧잔등을 붙잡고 암놈

에게는 음악소리로 들렸을 고함을 지르며 수소를 땅바닥에 뭉개 버린 후 강철 같은 앞발로 후려쳐 마지막을 장식했을 것이다.

사냥꾼들은 곰 한 쌍을 언뜻 스쳐보았는데 곰의 덩치가 어찌나 큰지 탐피코의 과장된 말을 반쯤은 믿게 되었다. 좀 더 덩치가 작고 털투성이인 암놈은 햇빛을 받이 갈색과 은색으로 빛니는 털을 흩날리고 있었다.

"이것 좀 봐. 걸어 다니는 동물치고 저렇게 아름다운 놈을 본적이 없어." 수풀 속에 몸을 숨긴 사냥꾼들은 암놈이 걷는 자태를 잠자코 지켜보았다. 이곳은 관목림의 입구였으므로 그들은 즉시 다른 편에 자리를 잡아야 했다. 그들은 총을 쏠 준비를 했지만 어찌된 영문인지 그 두 놈의 모습이 보이지 않았다. 녀석들은 경계를 풀지 않고 사냥꾼 몰래 이미 빠져나간 후였다. 더 이상 녀석들의 모습을 볼 수가 없었다.

그런데 파코 탐피코가 녀석들을 목격했다. 그는 양들을 몰고 동생을 찾아가는 길에 사슴이라도 한 마리 잡아 볼까 하는 기대로 동쪽 구릉으로 사냥을 나서는 중이었다. 그의 작고 검은 눈동자가 정답게 꼭 붙어 숲속을 거니는 곰 한 쌍에 꽂혔다. 그는 녀석들과는 떨어진 구릉의 한참 위쪽, 안전한 곳에 자리를 잡고 있었다. 그는 암놈에게 총을 발사했고 암놈이 쓰러졌다. 등에 총알이 박혔다. 암놈은 고통으로 울부짖으며 일어서려 했으나 소용이 없었다. 파코는 그링고가 콧김을 내뿜으며 달려오자 총을 한 방 더 쏘았다. 그링고는 총소리와 총신에서 나는 연기로 파코가 은신해 있는 장소를 알아냈다. 분노로 가득 찬 녀석은 절벽을 뛰어 올라왔지만 이미 파코가 나무 위로 피신한 후였다. 그링고는 자신의 짝에게 돌아갔다. 파코가 다시 총을 발사했다. 그링고는 다시 파코를 쫓아 올라왔지만 그를 찾을 수가 없어 다시 자신의 '은갈색곰'에게로 돌아갔다.

이것이 우연이었는지 의도적이었는지는 알 길이 없지만 파코가 재차 총을 쏘았을 때 그링고 잭은 과녁 안에 들어와 있었고 총알은 녀석을 맞췄다. 그것이 파코가 가진 마지막 총알이었다. 회색곰이 다시 그를 쫓아왔지만 그의 흔적은 이미 사라지고 없었다. 그는 곰이 쫓아올 수 없는 장소를 골라 순식간에 1.5킬로미터나 달아났다. 거대한 곰은 다리를 절뚝거리며 자신의 짝에게 돌아왔다. 하지만 암놈은 더 이상 녀석의 손길에 반응하지 않았다. 녀석은 잠시 주위를 살폈다. 누구도 접근해 오지 않았다. 암곰의 은빛 가죽은 사람의 손길을 탄 적이 없었다. 암곰의 외형이 변해 가자 그링고는 그곳을 떠나갔다.

세상은 사냥꾼과 덫과 총으로 가득 차 있었다. 녀석은 부상을 입은 다리를 절룩거리며 양들이 풀을 뜯고 있는 언덕 아래로 내려갔다. 예전에 페드로의 양 떼를 습격했던 곳이었다. 녀석은 자신의 '은갈색곰'을 죽인 적의 냄새를 맡고 쫓으려 했었지만 말길이 합류하는 지점에서 그 냄새가 사라졌었다. 그런데 그날 밤 다시 그 냄새를 맡았다. 한때 몹시도 익숙했던 양들의 냄새와 섞인 냄새였다. 녀석은 슬픔과 분노를 품은 채 냄새를 쫓았다. 냄새는 허름한 오두막으로 이어졌다. 탐피코의 부모가 사는 집이었다. 거대한 곰이 나타나사 부부는 뒷문 쪽에서 비명을 질러 댔다.

"여보." 부인이 날카롭게 외쳤다. "기도하세요. 성인께 기도를 해 도움을 구하세요."

"총이 어디 있소?" 남편이 외쳤다.

"성인들을 믿으세요." 겁에 질린 부인이 소리쳤다.

"그래. 내게 대포가 있거나 이놈이 곰이 아니라 고양이라면. 그런데 우린 지금 후추통만 한 권총으로 곰을 상대해야 한단 말이야. 지금은 나무를 믿는 게 나아." 아버지 탐피코는 소나무 위로 허둥지둥 올라갔다.

회색곰은 오두막 안을 들여다보다가 돼지우리로 다가서더니 가장 큰 놈을 잡아 죽였다. 이것은 새로 맛보는 고기였고 녀석은 이놈으로 저녁 식사를 했다.

녀석은 돼지우리를 몇 번이나 들락거렸고 이러는 와중에 상처도 나았다. 한번은 녀석이 스프링 총을 발견했는데 이것은 너무 높이 설치되어 있었다. 양치기는 2미터 높이면 그 곰을 잡기에 충분하다고 판단했다. 그러나 방아쇠에 걸어 놓은 스프링

이 머리 위로 설치되어 있었으므로 녀석은 총알을 피해 갈 수 있었다. 녀석이 악마라는 분명한 증거였다. 이것으로 녀석은 인간의 냄새는 모두 위험하다는 사실을 알았다. 녀석은 더 이상 구릉에 있는 오두막을 찾지 않고 평원 쪽으로 어슬렁어슬렁 내려갔다. 어느 날 밤 녀석은 어떤 집을 지나다가 맞닥뜨린 냄새가 나는 통을 발견했다. 설탕을 넣어 두던 10갤런들이 통이었는데 바닥에는 아직 설탕이 남아 있었으므로 녀석은 커다란 머리를 통 안에 디밀었다. 그런데 통 안쪽으로 못이 박혀 있어 머리 가죽을 찔러 댔다. 녀석은 화가 나 씩씩거리며 발톱으로 통을 거칠게 긁어 댔다. 그때 윗문에서 총을 장전하는 소리가 들려왔고 당황한 녀석은 얼떨결에 머리에 뒤집어쓴 통을 부수었다.

이 경험으로 녀석은 인간의 집에 접근하면 틀림없이 문제가 생긴다는 사실을 늦게나마 깨닫게 되었다. 그 후부터 숲이나 평원에서 먹이를 찾았다. 어느 날 녀석은 '은갈색곰'이 죽은 날에 느꼈던 분노를 떠오르게 하는 사람 냄새를 맡았다. 녀석은 그런 덩치로 가능하다고는 믿을 수 없을 정도로 은밀하게 그 흔적을 따라갔다. 녀석은 왕골의 자생지를 통해 관목림을 오르내리며 평원에 도착했다. 냄새가 길을 이끌었고 이제 그 냄새는 한층 진해졌다. 멀리서 하얀 점들이 움직이고 있었다. 기러기를 본 적도 냄새를 맡아 본 적도 없었으므로 하얀 점들의 정체를 알 수 없었지만 녀석이 쫓고 있던 흔적이 그

쪽으로 이어져 있었다. 걸음을 재촉했다. 그때 앞의 왕
골이 조용히 부스럭거렸고 사람의 냄새가 났다. 녀석은
육중한 몸으로 돌격을 했고 한 방을 날렸다. 거위 사냥
은 끝이 났고 또 다른 사건이 시작되었다. 그리고 파코
의 양들은 동생이 상속을 받았다.

· 14 ·

폭우

"랜, 이제 뭘 해야 하지?" 그날 밤 낙담한 채 모닥불 가에 앉아 있던 루가 물었다.

켈리언은 잠시 묵묵히 앉아 있더니 눈에 빛을 내며 느리지만 열정적인 소리로 말했다. "루. 그 대단한 곰이 아직 살아 있어. 저곳에 산처럼 서서 파리 잡듯 말들을 후려치는 놈을 보고 있자니 놈에게 정이 들기 시작하더군. 놈은 신이 이 산에 풀어 놓은 맹수들 중 최고야. 오늘까지도 나는 놈을 잡고 싶었어. 루, 난 놈을 잡을 거야. 산 채로 말이야. 내 목숨을 걸겠어. 혼자 잡을까도 했지만 자네가 도와줘야겠네." 켈리언의 두 눈 깊숙이에 정확히 이름 붙일 수 없는 어떤 불길이 일었다.

그들은 목장에서는 반겨 주지 않았으므로 구릉에서 야영을

했다. 목장주들은 그들이 받는 보상이 너무 크다고 생각했다. 심지어 어떤 목장주들은 양에게 공포의 대상이 되는 제왕이 해로운 이웃만은 아니라고 생각했다. 목장주들은 내건 현상금을 철회했지만 신문사에서 내건 현상금은 아직 유효했다.

"당신이 그 곰을 잡아 오길 바랍니다." 말 탄 사내들의 싸움을 들었던 부유한 언론인의 짧지만 의미심장한 전언이었다.

"랜, 그 일은 어떻게 되어 가고 있나?"

다리에는 썩어 가는 나무가 있고 울타리에도 약한 가로대가 있듯이 아무리 대단한 놈이라도 약점은 있기 마련이다. 곰곰이 생각을 하던 켈리언은 야만적인 힘을 가진 이놈을 직접 상대한다는 것은 미친 짓임을 알았다.

"강철 덫으로는 안 돼. 놈이 그것을 부수어 놓을 거야. 올가미도 안 돼. 놈은 통나무 덫에 대해서도 잘 알아. 하지만 내게 계획이 있어. 먼저 놈을 쫓아다니며 놈의 영역을 알아내는 거야. 석 달은 걸리겠지."

이렇게 두 사람은 곰의 흔적을 추적했고 다음 날 놈이 씹어 놓은 올가미를 발견했다. 그들은 다음 날도 또 다음 날도 추적을 계속했다. 그들은 목장주와 양치기들에게 자신들이 얻을 수 있는 모든 정보들을 얻었고 믿을 수 없을 정도의 많은 얘기들을 들었다.

랜은 자신의 계획을 실현시키는 데는 석 달이 걸린다고 했다. 그러나 여섯 달이 걸렸다. 그러는 동안에도 제왕은 계속해서 가축을 죽이고 있었다.

그들은 통나무를 볼트로 연결한 우리 덫을 놈의 영역 곳곳에 한두 개씩 설치했다. 우리 뒤에는 강철 막대로 작은 살대도 만들어 설치했다. 문도 정성으로 만들어 홈에 맞춰 끼웠다. 판자도 두 겹으로 만들었는데, 그 사이에 타르 종이를 발라 빛이 통과하지 못하도록 했다. 문 안쪽은 철판으로 감싸 떨어지더라도 바닥에 철로 만든 홈에 끼이도록 했다.

그들은 덫의 문을 열어 색이 바래고 사람 냄새가 지워질 때까지 방치해 두었다. 그런 다음 사냥꾼 둘은 마지막 책략을 준비했다. 그들은 꿀을 바른 이외에는 아무 손질도 하지 않은 미끼를 걸어 놓았다. 제왕이 거부할 수 없는 미끼였다. 마침내 그들은 이 꿀 바른 미끼가 사라졌음을 알고는 지금 놈이 나타난 곳에 오래도록 수고스럽게 준비한 계획을 실행에 옮겼다. 덫은 모두 설치되었고 전처럼 미끼에도 꿀을 흠뻑 발라 놓았다. 그러나 이 꿀에는 강력한 수면제가 섞여 있었다.

· 15 ·

홍수

유행이 사람들 사이에 퍼지듯 광기가 몇 종의 동물 사이에 퍼져 나갔다. 그해 시에라 산맥의 모든 억센 회색곰들이 미친 듯이 소를 잡아먹었다. 홀로 다니는 회색곰들은 공격적인 성향을 보이지 않고 뿌리를 파먹거나 장과를 따먹는 동물로 오래도록 알려져 있었다. 그런데 지금 놈들이 산을 내려와 목장의 소를 잡아먹는 것이었다.

소들은 차례로 공격을 받았다. 사람들은 믿을 수 없는 덩치를 지닌, 교활한 데다 공격적인 곰들에 대해 의견이 분분했다. 목장주들은 현상금을 내걸었는데 이 현상금의 액수는 점점 커져 갔고 급기야는 거금이 되었다. 그러나 곰들의 만행은 계속되었다. 잡힌 곰은 몇 마리 되지 않았다. 각 지역의 이름을, 기

르는 가축의 품종에 근거해 부르지 않고 가축을 갈가리 찢어 죽인 회색곰의 이름을 따 부르는 것은 대단한 무례가 되었다.

이런 별난 특징을 보이는 여러 곰들에 대해 믿을 수 없는 얘기도 전해졌다. 플레이서빌의 가축 살육자이며 가장 빠른 곰인 릴푸트는 30미터 떨어진 관목에서 튀어나와 황소가 등을 돌리기도 전에 잡을 수 있으며 허약한 조랑말이라면 평원에서도 잡을 수 있다고 했다. 가장 교활한 곰은 혈통 좋은 가축을 주로 잡는 마켈럼니의 회색곰 브린으로 놈은 50종의 동물 중에서도 메리노 종의 양이나 머리가 흰 헤리퍼드 종의 소를 골라 잡았다. 놈은 매일 밤마다 소 한 마리씩을 잡았는데 같은 장소에서는 두 번 다시 사냥을 하지 않았기 때문에 덫을 설치하거나 독을 놓을 기회를 주지 않았다.

페더 강의 회색곰 페그트랙은 좀처럼 모습을 드러내지 않았다. 놈은 공포의 대상으로 모든 것이 수수께끼에 싸여 있었다. 놈은 밤에 이동하며 사냥을 했는데 돼지를 가장 좋아했고 사람도 여럿 죽였다.

그러나 페드로의 회색곰이야말로 가장 경이로운 놈이었다. 어느 날 '하사얌파'라는 별명이 붙은 페드로가 켈리언의 오두막을 찾아왔다.

"놈은 아직 그곳에 있소. 내 양을 천 마리나 죽였지. 당신은

놈을 잡겠다고 했지 않았소? 아직 잡지 못했고. 놈은 저 나무처럼 덩치가 크오. 놈은 오직 양만 잡아먹는다고. 그것도 엄청나게. 놈은 악마인 그렁고요. 악마가 분명해. 내게 암소 세 마리가 있었는데 두 마리는 살이 쪘고 한 마리는 마른 편이었지. 그런데 놈은 살진 녀석을 죽였소. 마른 녀석들은 도망을 갔고. 놈이 엄청난 먼지를 날려 대더군. 암소들은 무슨 영문인지를 보러 나왔고 그때 놈이 잡아 죽인 거요. 아버지는 양봉을 하셨소. 그 악마 곰은 소나무를 씹었지. 부러진 이빨 자국으로 놈임을 알 수 있었소. 놈은 벌에 쏘이지 않도록 코와 낯짝에다 송진을 바르고는 벌들을 모두 먹어 치웠지. 놈은 악마요. 놈은 썩은 철쭉을 취하도록 처먹고 미친 나머지 양들을 죽이는 거요. 놈은 쥐를 끌듯이 황소를 입에 물어 끌고 갔소. 놈은 소를 죽이고 양을 죽이고 파코를 죽였어. 단지 재미 때문이요. 놈은 악마야. 놈을 죽이겠다고 약속해 주시오. 반드시 죽여야만 하오."

이것이 페드로가 흥분해서 한 말의 요지였다.

또 한 가지 사실이 있었다. 스타니슬라오에서 머세드에 이르는 산악 지대를 영역으로 삼은 이 거대한 곰은 '산의 제왕'이라는 이름으로 불렸다. 놈은 살아 있는 곰 중 가장 덩치가 큰 곰이며 초자연적인 지능을 갖고 있다고 알려졌고, 사람들은 그렇게 믿었다. 놈은 암소를 잡아먹었고 양 무리를 흩어 놓았으며 재미로 황소를 굴복시켰다. 심지어 싸움에 재미 들린 이 제왕은

유달히 큰 황소가 있는 곳이라면 어디가 되었든 적수를 찾아 틀림없이 나타난다는 얘기도 돌았다. 소, 양, 돼지, 말을 학살하는 이 맹수는 오직 흔적만을 남겨 놓았다. 놈은 결코 모습을 드러내지 않았고, 모든 종류의 덫을 피해 가며 이루어지는 한밤의 습격은 치밀한 계획과 절정의 기술을 보여 주었다.

목장주들은 모임을 갖고 산속에 사는 모든 곰에 거액의 현상금을 걸었다. 곰 사냥꾼들이 모여들어 갈색곰과 적갈색곰 몇 마리를 잡았지만 가축 학살은 끊이지 않았다. 그들은 튼튼한 강철과 철로 된 빗장으로 좀 더 성능이 좋은 덫을 설치했고 급기야는 마켈럼니의 회색곰을 잡았다. 그렇다. 바닥에 난 흔적을 통해 놈이 어떻게 덫 안으로 들어왔으며 엄청난 발걸음을 내딛었는지를 알아냈다. 그러나 강철은 부러지고 빗장은 휘어졌다. 곰의 격렬한 흔적만이 그곳에 남아 상황을 말해 줄 뿐이었다. 한동안 놈은 분을 못 이겨 빗장을 앞발로 잡아 파충류처럼 물어뜯고 몸을 부딪쳤다. 그러다가 돌을 집어 힘껏 던져 덫을 부수었다. 그때부터 놈은 매년 몸이 더 커지고 더 교활해졌으며 파괴적인 맹수로 변해 갔다.

켈리언과 보나미는 현상금에 끌려 막 산에서 내려왔다. 그들은 큼지막한 발자국을 조사해 보고 가축들이 한꺼번에 죽음을 당한 것은 아니라는 사실을 알아냈다. 그들은 조사에 들어갔고 사냥을 나섰다. 마침내 그들은 넓은 지역에 걸쳐 땅에 새겨진

다양한 맹수들의 발자국을 모두 살펴보았다. 그 결과 가축들이 똑같은 방법으로 죽음을 당했다는 사실을 알게 되었다. 가축의 입이 찢겨 있었고 목은 부러져 있었으며, 뒷발로 서서 등을 문댄 나무에 난 이빨 자국과 동일한 부러진 엄니로 문 자국이 있었다. 광범위한 지역에 걸쳐 이 방법은 동일했다. 켈리언은 나지막하지만 확신에 찬 음성으로 사냥꾼들에게 말했다. "페드로의 그링고나 페그트랙, 플레이서빌의 회색곰, 산의 제왕은 모두 같은 곰을 가리키는 말입니다."

산에서 온 덩치 작은 남자와 구릉에서 온 덩치 큰 남자가 놈을 잡기 위해 나섰다. 댐에 막혔던 강이 결국 더 거세게 흐르듯 그렇게 강한 의지를 갖고 말이다.

온갖 덫을 다 설치해도 놈을 잡지 못했다. 놈은 강철 덫을 부수었다. 통나무로 만든 덫은 코끼리같이 사나운 이놈을 잡기에는 튼튼하지가 못했다. 놈은 미끼에는 다가가지도 않았다. 잡은 가축을 두 번 먹지도 않았다.

한번은 젊은이 둘이 경솔하게도 바위 협곡으로 놈을 추적한 적이 있었다. 말이 협곡 안으로 들어갈 수 없어 걸어서 들어간 젊은이들은 두 번 다시 모습을 보이지 않았다. 멕시코인들은 미신적인 두려움에 떨며 놈을 죽일 수 없다고 믿었고 이제 '산의 제왕'이라고 알려진 곰은 목초지를 활보하며 한 해 동안 사람들을 공포에 빠뜨렸다. 놈은 밤에는 목초지에서 가축을 잡았고 낮에는 말 탄 사람들이 쫓아올 수 없는 인근 구릉 안의 은신처로 피신했다.

보나미를 보내 보았지만 그해 여름에도 겨울에도 회색 곰의 모습을 볼 수가 없었다. 켈리언은 말을 타고 놈을 쫓고 또 쫓았지만 매번 너무 늦거나 너무 일러 제왕의 모습을 볼 수가 없었다. 절망을 모르던 그도 방법을 찾지 못해 거의 포기할 지경에 이르렀다. 그때 도시의 한 부유한 언론인에게서 서신을 받았다. 산 채로 제왕을 잡아 오면 현상금을 열 배로 준다는 것이었다.

켈리언은 오랜 동료를 불렀고 때마침 전날 밤에 벨대시 초원 근처에서 같은 방법으로 암소 세 마리가 죽임을 당했다는 소식을 들었다. 그들은 지체 없이 말을 몰아 현장으로 향했다. 밤길을 열 시간이나 달렸으니 말은 지쳐 녹초가 되었지만 쇠처럼 강인한 사내들은 잠시도 쉬지 않고 말을 갈아타며 길을 재촉했다. 그곳에는 또 소들이 죽어 있었고 놈이 이름을 얻게 된 상처 난 억센 발자국이 있었다. 어떤 사냥개도 켈리언보다 놈을 잘 쫓지 못했다. 구릉 입구에서 8킬로미터 떨어진 곳에 사람의 발길을 허락하지 않는 험한 관목림이 있었다. 뭔가가 들어간 흔적은 있었지만 나온 흔적은 없었다. 그래서 켈리언이 소식을 가지고 되돌아오는(조사를 하는) 동안 보나미는 앉아 망을 보았다. "튼튼한 말을 골라 타게나." 지시가 떨어졌다. 켈리언이 정지 신호를 보내자 그들은 총을 내려놓고 탄띠를 풀었다.

"이보게들. 우린 놈을 잡을 수 있어. 위험하지는 않아. 놈은 밤이 되기 전까지는 관목림 밖으로 나오지 않을 거야. 놈을 쏘아 잡으면 목장주가 내건 현상금을 받을 수 있을 테고, 놈을 산 채로 잡으면 신문사에서 내건 열 배의 현상금을 받을 수 있어. 평원에서라면 놈을 쉽게 사로잡을 수 있어. 총은 놔두고 가세. 올가미면 충분해."

"총을 놓고 가는 이유가 뭔가?"

"나는 사람의 심리를 잘 알아. 기회만 온다면 총을 쏘려 할 걸세. 총은 전혀 소용이 없어. 십중팔구는 올가미에 걸려들겠지."

그런데도 그들 중 셋이 무거운 연발권총을 소지했다. 그날 용맹스런 일곱 명의 사내와 멋진 말들이 산의 제왕을 잡기 위해 길을 나섰다. 아침이었으므로 놈은 아직 관목림 안에 있었다. 그들은 돌을 던지고 고함을 지르며 놈을 관목림 밖으로 몰아내려 했으나 효과가 없었다. 그 사이 오후 바람이 구릉에서부터 평원 지대로 불어왔다. 그러자 그들은 풀밭 몇 곳에 불을 놓고 관목림 안으로 불길을 돌려놓았다. 나무 부러지는 소리가 불길이 내는 소리보다 더 크게 울리며 멀리서 산의 제왕이자 그릴고인 회색곰 잭이 달려왔다. 말에 탄 사람들이 놈을 에워쌌다. 그들은 총 대신인 듯 고리를 엮은 올가미를 들고 있었다. 곰의 포획이나 죽음을 바라는 주술을 걸 듯이 말이다. 사내들은 냉정을 유지했지만 말들은 두려움을 못 이겨 콧김을 내뿜으며 날뛰었다. 상황이 이렇게 되자 회색곰은 말들을 거들떠보지도 않고 말에 탄 사람들을 잠시 쳐다보더니 느긋하게 몸을 돌려 친숙한 언덕으로 발길을 돌렸다.

"놓치지 마. 빌, 마뉴엘. 당신들 차례야."

오, 당당한 말이여, 용감한 사내들이여. 오, 위엄 있는 회색곰이여. 얼마나 놈을 기다렸던가. 양치기와 양학살자가 얼굴을 맞대고 서 있었다. 낙마라곤 해 본 적이 없는 산 사내 셋이 말을 몰아 매처럼 급습했다. 그들은 올가미를 높이 휘둘렀고 제왕은 몹시 당황해하면서도 아직까지는 화를 참으며 탑처럼 높은 곳에 뒷발로 서서 말과 사람을 내려다보았다.

사람들이 말하듯 정복자의 용맹스러움이 강인한 가슴과 황소의 목과 같은 앞발에 스며들었다. 천 마리의 소를 싸워 눕힌 그 힘은 가공스러웠다.

"제기랄, 무슨 놈의 곰이! 페드로에게 아직 기회가 있어."

"휙-휙-휙." 올가미가 날았다. "휙, 툭" 하나, 둘, 셋. 올가미가 떨어져 내렸다. 그들은 올가미를 잘못 던질 사람들이 아니었다. 말 세 마리가 달려가면서 올가미줄 세 개가 거대한 맹수의 목으로 날아들었다. 그러나 놈은 유연한 앞발을 번개처럼 빠르게 들어올렸다. 올가미는 미끄러졌고 충격을(곰과의 격돌을) 대비하며 달려오던 말들은 스쳐지나 갔으며 느슨한 올가미줄은

멀리 빗겨 나갔다.

"이봐, 할! 이봐, 랜! 놈을 막아!" 상대가 되지 않는 싸움을 하고 싶지 않았던 회색곰은 구릉 쪽으로 올라갔다. 그런데 은색 말안장에 타고 있던 재주 많은 멕시코 사람 하나가 올가미를 휘두르며 말을 몰아 회색곰의 무릎에 올가미를 걸어 넣었다. 제왕은 충격을 받고 발걸음을 멈추었다. 분노한 놈이 크게 우짖으며 돌아섰다. 거의 귀까지 휘감을 듯했던 올가미줄이 놈의 커다란 턱에 걸렸지만 개가 나뭇가지를 부러뜨리듯 올가미를 끊어 버렸다. 긴장해 있던 말이 마구 날뛰었다.

이제 말 탄 사내들이 놈을 포위하며 공격할 기회를 엿보았다. 한두 번 올가미가 놈의 목에 걸렸으나 마치 장난이라도 하듯 놈은 올가미를 벗겨 냈다. 다시 놈의 발에 올가미가 걸렸으나 거의 넘어질 듯한 자세로 올가미를 비틀어 빼냈다. 억센 말의 갑절에 달하는 덩치가 분노로 입에 거품을 물었다. 새끼 시절의 기억들, 아니 정확히는 녀석의 앞발을 피해 나가곤 했던 시끄러운 개들을 결국 물리치고 말았던 그 시절의 기억이 놈에게 떠올랐다. 불타오르는 관목림과는 멀리 떨어진 곳에 있었지만 관목림 한 그루가 옆에 있었으므로 놈은 넓은 등을 나무에 기대고 포위한 적들을 맞이했다. 사람들은 두려움에 떠는 말들을 다그쳐 한 발 한 발씩 접근해 왔고 제왕은 옛

시절에 개들을 맞아 기다리듯 그들을 응시하며 기다렸다. 마침내 그들이 손에 잡힐 듯한 거리까지 다가오자 놈은 바위덩이가 쇄노하듯 벌떡 일어섰다. 누가 회색곰의 돌격을 피할 수 있을까? 놈이 돌격해 오자 땅이 흔들렸고 놈이 앞발을 휘두르자 땅이 진동했다. 사내 셋과 말 세 마리가 사방으로 튕겨나갔다. 풀썩 먼지가 일었고 그들이 알 수 있었던 건 놈이 앞발을 휘두르고 또 휘두르고 휘둘렀다는 사실뿐이었다. 말들은 다시 일어서지 못했다.

"성모 마리아시여!" 죽음의 통곡 소리가 들려왔고 말을 타고 주위를 돌던 사내들이 곰을 쫓아내기 위해 달려들었다. 말 세 마리와 사내 한 명이 죽었고 한 명이 치명상을 입었으며 한 명만이 간신히 빠져나왔다.

"탕, 탕, 탕!" 곰이 거대한 몸을 끌고 친숙한 구릉으로 빠르게 올라가자 사람들은 총을 쏘았다. 켈리언의 재촉에 말 탄 사내 넷이 빠르게 뒤를 쫓았다. 그들은 놈을 앞질러 방향을 틀어 놈과 대면했다. 총알이 놈의 몸 곳곳에 박혔다.

"쏘지 마, 쏘지 마. 힘만 빼놔." 사냥꾼이 소리쳤다.

"힘만 빼놓으라고? 저 밑에 있는 카를로스와 마뉴엘을 봐. 저 놈이 우리 남은 사람을 쓰러뜨리는 데 몇 분이나 걸릴 것 같은 가?" 격분한 사람들이 총알이 모두 떨어질 때까지 권총을 쏘았고 제왕은 분노로 입에 거품을 물었다.

"침착해! 냉정을 찾으라고." 켈리언이 소리쳤다.

곰이 가축을 살해했던 앞발을 잠깐 들어 올리자 그가 올가미를 던졌다. 올가미가 놈의 허리를 감았다. "휙! 휙!" 올가미 두 개가 놈의 목을 감았다. 황소 같은 회색곰의 앞발에 올가미가 걸렸으나 사람 손처럼 유연하고 예리한 발로 올가미를 당겨 빼냈다. 놈의 목에는 올가미 두 개가 걸려 있었다. 놈은 이 올가미를 벗겨 낼 수가 없었다. 옆에 있던 말들이 올가미를 끌어 놈의 목을 졸랐다. 사내들은 함성을 지르며 주변을 맴돌면서 기회를 엿보았다. 제왕은 두 다리를 굳건히 디딘 채 강인한 어깨를 굽혀 버텼다. 비록 놈은 숨이 가빠 왔지만 바알 신전의 기둥을 잡고 버텼던 삼손처럼 올가미 두 개를 잡고 말과 그 위에 탄 사람을 통째로 끌어당겼다. 그들의 뒤로 땅이 깊게 패여 나갔다. 놈은 사람과 말을 끌면서 뒷걸음질에 속도를 붙였다. 놈의 눈이 튀어나왔고 혀가 밀려 나왔다.

"놓치지 마! 꽉 잡아!" 누군가가 소리쳤다. 올가미를 당기던 말들이 서로 부딪히며 힘껏 대항했다. 분노로 격앙되어 더욱 힘을 발휘하던 제왕이 기회를 틈타 총알처럼 앞으로 튀어나갔다. 말들은 앞발을 피하려 했으나 말 한 마리의 동작이 약간 늦었다. 강철 같은 가공할 앞발이 말의 옆구리를 거머쥐었다. 소리도 없었다. 그러나 그 참혹함은 이루 말할 수가 없었다.

자, 곰아. 나는 너와 싸우고 싶지 않아.

말 탄 사내들이 공포에 질려 올가미를 놓았고 제왕은 콧김을 그르렁거리며 올가미를 끌고 구릉으로 돌아갔다. 그러고는 올가미를 끊고는 휴식을 취했다. 한편 남아 있던 용맹한 전사들은 슬프게 중얼거리며 되돌아갔다.

쓸쓸한 소문이 돌았고 켈리언은 비난을 받았다.

"자네 잘못이야. 총을 가져갔어야만 했어."

"모두 함께 있었잖아." 그의 대답이었다. 험한 말들이 쏟아졌고 켈리언은 얼굴을 붉힌 채 냉정을 잃고 보관해 놓았던 권총을 꺼냈다. 누군가가 말했다. "총을 가져가자고."

· 16 ·

육지에 막혀 더 이상 바다로 못 가다

그날 밤 여러 은신처 중 한 곳에서 상처를 치료하고 있던 이 거대한 곰이 완전히 회복된 몸 상태를 만끽하며 밖으로 나와 평원 쪽으로 걸어갔다. 여느 때처럼 경계를 풀지 않은 녀석의 코에 양, 사슴, 꿩의 냄새가 풍겨 왔다. 사람 냄새와 더불어 그보다 더 진한 암소, 송아지, 싸움소의 냄새도 풍겨 왔다. 제왕은 다가오는 전투에 곰다운 흥분을 느끼고는 거대한 몸을 거만하게 움직였다. 그러나 녀석이 느릿느릿 어슬렁거리며 다가갈 때마다 풍겨 오는 냄새가 능선마다 달랐다. 소의 냄새와는 다른 부드럽고 은은한 냄새였다. 곰이 냄새의 그 미묘한 차이를 정말로 느낄 수 있는지 의아하게 여기는 사람도 있을 것이다. 아무튼 천둥이 울리면 조그만 종이 따라 울리듯 제왕은 유혹에

못 이겨 거침없이 다가갔다. 오, 그것은 강력한 마력을 지닌 냄새였다. 황홀하게 만드는 무엇인가가 아주 가까이에 있었고 녀석은 마법에 굴복해 소나무 숲을 가로질러 빠르게 언덕을 내려갔다. 냄새를 쫓아 내려간 그곳에는 길고 낮은 동굴이 있었다. 전에도 수없이 보아온 것이었고 그 안에 갇힌 적도 있었지만 이미 빠져나올 방법을 배운 터였다. 녀석은 부르는 소리에 이끌리듯 그 냄새에 이끌렸고 그 냄새를 안내인 삼아 몇 주 동안 그 보물을 탈취해 왔다. 녀석은 굴 안으로 들어갔고 환희의 냄새를 맡았다. 맛난 덩어리가 있었다. 제왕은 조심스럽게 그것을 어르고 핥다가 자루를 잡고 좀 더 벌리려고 했다. 그때 문이 "꽝!" 하고 낮은 소리를 내며 떨어졌다. 제왕은 흠칫했으나 어떤 움직임도 없었고 위험한 냄새도 나지 않았다. 전에도 이런 문을 밀어올린 적이 있었다. 미각은 여전히 꿀을 갈망했다. 녀석은 탐욕스럽게 꿀을 핥다가 나중에는 느리게 그리고 졸린 듯이 핥았다. 그러더니 이마저도 멈추었다. 녀석은 눈을 감고 천천히 땅에 엎드려 잠에 빠졌다.

얼굴이 하얀 사람들이 은밀히 왔을 때는 새벽 무렵이었다. 상처 입은 흔적이 있는 거대한 발자국이 덫 방향으로 나 있었다. 문은 밑으로 떨어져 있었고 그들은 털로 덮인 거대한 무언가가 우리 덫을 가득 차지한 채 깊은 잠에 빠져 있는 것을 보았다.

그들의 손에는 강한 밧줄과 쇠사슬, 쇠로 된 족쇄와 녀석이 깨어날 때를 대비한 클로로포름이 들려 있었다. 그들은 덫 위에 뚫린 구멍을 이용해 엄청난 힘을 들여 녀석을 감아 묶었다. 앞발과 목을 함께 묶었고 목과 가슴과 뒷발을 볼트로 이은 가로대에 묶었다. 그러고는 문을 들어 올려 겁에 질려 다가서지 않으려는 말 대신에 나무에 매단 권양기로 끌어냈다. 그리고 이대로 죽어서는 안 되겠기에 녀석이 깨어나게끔 조치를 했다.

이중으로 사슬에 묶인 채 광란에 빠져 침을 흘리며 무력하게 쓰러진 제왕의 상태를 무슨 말로 표현할 수 있을까? 그들은 녀석을 썰매에 싣고 기다란 쇠사슬로 말 여섯 마리에 연결해 평원의 철길로 천천히 끌고 갔다. 그들은 녀석의 목숨을 부지시키기 위해 먹이를 충분히 주었다. 거대한 증기 기중기가 곰과 가로대와 쇠사슬을 한꺼번에 들어 화차에 실었다. 그리고 방수천으로 처량한 신세가 된 곰을 덮었다. 엔진이 가동되며 화차를 끌었고 제왕 회색곰은 고향을 떠나게 되었다.

이렇게 사람들은 사슬에 묶인 제왕을 대도시에 끌어다 놓았다. 그들은 녀석을 우리에 가두었다. 사자를 가둘 수 있는 우리보다 세 배는 튼튼한 우리였다. 한번은 녀석이 묶어 놓았던 밧줄을 당겨 풀었다. "놈이 풀려났어." 사람들이 소리쳤고 구경꾼과 감시꾼들이 달아났다. 눈매가 깊은

작은 남자와 산에서 온 덩치 큰 남자 둘이 소동을 막았고 제왕
은 여전히 우리 안에 갇혀 있게 되었다.

　녀석은 우리 안에서는 자유롭게 돌아다녔다. 녀석은 앞을 뻔
히 보다가 세 겹으로 된 L자 강형에 맞서 힘을 과시했고 우리
를 비틀어 우그려 놓았다. 때로 녀석은 우리에서 빠져나오기
도 했다. 사람들은 녀석을 끌어다가 코끼리도 부수지 못할 정
도의 튼튼한 다른 우리에 가두었지만 그 우리는 땅에 설치된
것이어서 이 거대한 맹수는 한 시간 만에 땅 밑에 굴을 파고 숨
어들었다. 그러면 사람들이 물로 구멍을 채워 녀석이 다시 기
어 나오도록 했다. 사람들은 녀석이 도착한 후부터 만들기 시
작한 새로운 우리에 가두었다. 단단한 바위 위에 설치한 우리
로 약 5센티미터 두께의 철봉을 3미터 높이로 설치했다. 그것
은 곰 다섯 마리를 수용할 수 있는 크기였다. 제왕은 한번 주위
를 돌아보더니 육중한 몸을 곧추세우고 철봉을 비틀었다. 철
봉이 부러지지 않자 녀석은 베어링으로 고정시킨 부위를 억센
힘으로 비틀어 버렸다. 봉이 창대처럼 부러지자 녀석이 일어
나 기어올랐다. 10여 명의 사람들이 꼬챙이와 불붙은 나무를
급히 휘둘러 간신히 녀석을 저지했다. 감시꾼들은 바위 위에
설치한 난공불락의 강철 우리가 완성될 때까지 밤이고 낮이고
놈을 지켜보았다.

　이 길들여지지 않는 맹수는 잽싸게 우리를 한 바퀴 돌면서

모든 봉과 우리의 모든 구석을 살펴 바위 위에 갈라진 틈이 없는지를 조사했다. 마침내 녀석은 15센티미터 두께의 목재 가로대가 설치된 곳을 찾아냈다. 우리 중 유일하게 나무로 된 부분이었다. 그곳은 철로 덮여 있었지만 3센티미터 정도가 노출되어 있었다. 발톱 하나가 나무에 닿았고 이 지점에서 녀석은 몸을 옆으로 기대고 갈퀴처럼 긁어댔다. 하루 종일 긁어 대자 엄청난 양의 부스러기가 밑에 쌓였고 나무가 둘로 갈라졌다. 그러나 아직 십자머리 볼트가 남아 있었고 제왕이 거대한 어깨로 밀자 볼트가 가볍게 빠져 버렸다. 그것이 마지막 희망이었지만 그 희망도 이제 사라졌다. 거대한 곰은 앞발에 코를 묻은 채 우리 안에 엎드려 울었다. 정말이지 길고도 가슴 쓰라린 맹수의 울음이었다. 마치 영혼에 상처를 입어 희망과 삶이 꺼져 가는 사람이 우는 듯했다. 감시꾼들은 지정된 시간에 먹이를 가지고 왔지만 곰은 미동도 하지 않았다. 먹이를 던져 주었지만 아침이 되어도 녀석은 먹이를 건드리지 않았다. 곰은 여전히 엎어진 채 그 육중한 몸을 처음 실려 온 그 형태로 유지하고 있었다. 녀석의 울음소리가 이따금씩 낮은 신음 소리로 변했다.

그리고 이틀이 지났다. 손도 대지 않은 먹이는 햇빛 아래 부패해 갔다. 사흘째 되던 날 제왕은 큰 주둥이를 그보다 더 큰 앞발에 기댄 채 조용히 가슴을 바닥에 뉘어 두고 있었다. 눈은 가려져 있었고 널찍한 가슴만이 조금씩 오르내리는 것이 보였다.

"녀석이 죽어 가고 있어. 오늘 밤을 넘기지 못할 것 같아." 감시꾼 중 한 명이 말했다.

"켈리언을 부르러 가세나." 다른 감시꾼이 말했다.

몸이 빼짝 여윈 켈리언이 왔다. 그가 쫓았던 곰이 무언가를 갈망하며 죽어 가고 있었다. 녀석은 마지막 희망이 사라지자 자신의 삶에 대해 흐느끼는 것이었다. 연민의 감정에 사냥꾼은 전율했다. 의지와 힘이 있는 남자는 의지와 힘을 사랑하기 때문이다. 그는 우리 안으로 팔을 뻗어 녀석을 가볍게 두드렸지만 제왕은 아무런 반응도 보이지 않았다. 몸이 차가웠다. 작은 신음 소리만이 녀석이 아직 살아 있음을 보여 주고 있었다. 켈리언이 말했다. "이봐요. 나를 우리 안으로 들여보내 주시오."

"당신 미쳤소?" 감시꾼이 대답했다. 그들은 우리 문을 열어 주려 하지 않았다. 그러나 켈리언은 끈질기게 요구했다. 마침내 그들은 곰 앞에 이중 격자창을 설치해 그 사이로 사냥꾼을 들여보냈다. 그는 털투성이 머리 위에 손을 올려 놓았지만 제왕은 여전히 엎드린 채로 있었다. 사냥꾼은 자신에게 잡힌 곰을 가볍게 두드리며 말했다. 그의 손길이 머리 위로 약간 솟아나 있는 크고 둥근 귀로 향했다. 손을 대어 보니 거칠었다. 그는 귀를 다시 한 번 보더니 흠칫 놀랐다. 정말이지 그게 사실이었나? 그래. 낯선 사람의 이야기가 사실이었어. 양쪽 귀에는 둥근 구멍이 뚫려 있었고 한쪽 귀에 난 구멍이 크게 찢겨 있었다. 켈리언은 자신의 어린 잭을 다시 만나게 되었음을 알았다.

"잭, 왜 내가 널 못 알아봤을까. 너인 줄 알았다면 네게 결코 그런 짓을 하지 않았을 거야. 오랜 친구 잭이야. 나를 알아보지 못하겠니?"

그러나 잭은 미동도 하지 않았고 켈리언은 조용히 일어섰다. 그는 날 듯이 호텔로 뛰어가 기름때와 송진 냄새가 배어 있고 연기에 그을린 사냥복을 입고는 벌집 한 덩이를 들고 우리로 다시 돌아왔다.

"잭! 잭!" 그는 소리쳤다. "꿀이다. 꿀이야!" 그는 녀석 앞에 유혹하듯이 벌집을 들어보였다. 그러나 제왕은 죽은 듯이 누워 있을 뿐이었다.

"잭, 잭! 나를 몰라보겠니?" 그는 꿀을 떨어뜨리고는 손으로 커다란 주둥이를 어루만졌다.

그 목소리는 이미 잊혔다. "꿀이야. 잭, 꿀이야!"라는 예전의 유혹하는 소리도 그 힘을 잃었다. 그러나 꿀 냄새, 자신이 몸을 비벼 댔던 그 옷과 손은 잠재된 힘을 갖고 있었다.

우리 인간은 죽어 갈 때 자신의 모든 인생을 잊는 순간이 있다. 그러나 어린 시절의 정경은 분명히 기억한다. 이것은 진실이므로 강력한 힘으로 되풀이된다. 곰이라고 해서 그러지 않을 이유가 어디 있겠는가? 냄새의 힘이 그곳에서 그것들을 다시 불러내었고 회색곰의 왕 잭이 조금, 아주 조금 머리를 들어올렸다. 녀석의 눈은 거의 감겨 있었지만 커다란 갈색 코가 두어 번 약하게 경련을 일으켰다. 새끼 시절 잭이 보여 주었던 흥미가 동한다는 표시였다. 예전에 곰이 그랬듯 지금 켈리언의 가슴이 찢어지고 있었다.

"넌 줄 몰랐어, 잭. 넌 줄 알았다면 난 결코 그런 짓을 하지 않았을 거야. 오, 잭. 용서해다오." 그는 일어나 도망치듯 우리를 나왔다.

그곳에 감시꾼들이 있었다. 그들은 도대체 무슨 영문인지를 몰랐다. 그러나 어떤 암시를 받았는지 한 감시꾼이 벌집을 가까이 들이대며 외쳤다. "꿀이야, 잭. 꿀이야!"

절망에 빠진 곰은 엎드린 채로 죽어 가고 있었지만 여기에 새로운 희망이 싹트고 있었다. 언어로 의미 지을 수 없는 분명하지도 명확하지도 않은 희망이었다. 자신을 잡은 사람이 자신의 친구임을 알았다. 이것이 새로운 희망이리라. "꿀이야, 잭. 꿀이야!"하고 오래전 자신을 꼬드겼던 소리를 반복하는 감시꾼이 벌집을 자신의 주둥이에 대 주었다. 그 냄새가 녀석의 감각에 떠돌았다. 그 냄새가 주는 전언이 뇌 속으로 들어왔다. 희망은 존중받아야 하며 또 희망은 반응을 일깨워 내야 한다. 커다란 혀가 벌집을 핥았다. 식욕이 돌아왔다. 이렇게 다시 희망이 녀석의 절망 한 부분에서 솟아나왔다.

노련한 감시꾼들이 제왕의 모든 소망을 들어줄 작정으로 그곳을 지키고 있었다. 맛난 먹이가 제공되었고 녀석이 힘을 되찾아 우리 생활을 지속할 수 있도록 모든 수단이 동원되었다.

녀석은 먹이를 먹었고 살아남았다.

녀석은 살아남았지만 걸으면서도 구경꾼들을 보지 않고 그 너머에 있는 무언가를 보고 있었다. 때로 좌절해 변덕스런 화를 내기도 했지만 곧 진중한 기품을 되찾아 그 희망, 정제를 알 수 없는 희망이 펼쳐놓은 그 무언가가 다가오는 것을 보고 있었다. 그 뒤로도 켈리언이 찾아왔지만 제왕은 그를 알아보지 못했다. 그의 머리 너머를 곰이 응시했다. 멀리 탈락 산과 바다가 있는 방향이었다. 그 이유를 알지 못했지만 이야기 속의 나 그네처럼 녀석은 끝없는 삶의 여정을 걷고 또 걸었다. 목적이 없고 끝이 없는 슬픈 여정이었다.

오래전에 녀석은 털투성이 가죽에 상처를 입었지만 귀걸이를 하기 위해 뚫어놓은 구멍과 엄청난 힘과 코끼리 같은 위엄은 여전히 남아 있었다. 녀석의 눈은 침침해져 빛을 잃었지만 아직 공허한 것은 아니었고 대개는 강이 바다를 찾아 흐르는 골든게이트를 향해 있었다.

시에라 산맥의 높은 능선에서 시작된 그 강은 소나무 숲을 가르며 몸집을 불리고 인간이 만든 둑을 타넘고 거센 힘으로 평원에 도달해 마침내 거대한 물줄기를 그곳에 누워 갇힌 베이스 만에 쏟아 붓는다. 골든게이트에 갇힌 강물은 영원히 자유의 푸르름을 찾고 울부짖으며 영원히 앞뒤로 오가는 것이다. 헛되이 말이다.

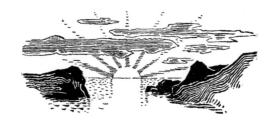

시튼의 발자취

1860년 8월 14일	· 영국 더럼 주 사우스실즈에서 명문가의 후손으로 태어나다.
1866년	· 아버지의 파산으로 온 가족이 캐나다 온타리오 주 린지로 이주하다.
1870년	· 토론토로 이주해 그곳에서 초등 교육을 받다. 미술에 두각을 나타내다.
1879년	· 화가가 되기를 원하는 아버지의 뜻에 따라 본격적으로 미술 교육을 받기 위해 영국 런던으로 가다.
1881년	· 건강 악화로 다시 캐나다로 돌아와 형들이 사는 매니토바 주로 가다. 이곳에서 이후 작품들의 무대가 된 카베리의 샌드 힐 등을 쏘다니며 자연에 대한 이해의 폭을 넓히다. 이 시기에 아메리카 인디언들과 교류를 시작하다.
1883년	· 미국 뉴욕으로 가서 저명한 자연학자들을 많이 만나다.
1884년	· 프랑스 파리로 가서 미술 공부를 하다.
1885년	· 『센추리 백과사전』에 들어갈 동물들의 그림 1천 점을 그리다.
1886년	· 『매니토바의 포유류 목록』을 출간하다.
1892년	· 매니토바 주 정부의 자연학자로 임명되다.

1893년	· 미국 뉴멕시코 지역으로 사냥을 나감. 이때의 경험이 후에 〈커럼포의 왕, 로보〉로 태어나다.
1894년	· 〈커럼포의 왕, 로보〉가 미국 잡지 《스크라이브너》지에 실림. 이후 42권의 책과 수많은 글들이 발표되다.
1896년	· 미국 뉴욕 출신의 그레이스 갤러틴과 결혼하다.
1898년	· 야생 동물 이야기를 다룬 첫 번째 책인 『커럼포의 왕, 로보 : 내가 만난 야생 동물들』을 발표해 세계적인 명성을 얻다.
1899년	· 『샌드힐의 수사슴』을 출간하다.
1900년	· 『회색곰 왑의 삶』을 출간하다.
1901년	· 『위대한 산양 크래그 : 쫓기는 동물들의 생애』를 출간하다.
1902년	· 자연친화적인 단체 '우드크래프트 인디언 연맹'을 창설하다.
1904년	· 딸 앤 시튼이 태어나다.
1905년	· 『뒷골목 고양이 : 진정한 동물 영웅들』을 출간하다.
1906년	· 보이스카우트 운동에 본격적으로 참여하다.
1907년	· 캐나다 북부 지역을 카누로 여행하다.
1909년	· 『은여우 이야기』를 출간하다.
1910년	· 미국 보이스카우트 협회 창립위원회 의장이 되다. 첫 보이스카우트 매뉴얼을 쓰다.
1913년	· 『옐로스톤 공원의 동물 친구들 : 우리 곁의 야생 동물들』을 출간하다.
1916년	· 『구두 신은 야생 멧돼지 : 야생 동물들이 살아가는 법』을 출간하다.
1917년	· 수(Sioux) 인디언에게서 '검은 늑대'라는 이름을 얻다.

1927년	· 수 인디언, 푸에블로 인디언들과 함께 생활하다.
1930년	· 미국 뉴멕시코 주 샌타페이로 이주하여 미국 시민권
	자가 되다. 시튼 인디언 연구소를 설립하다.
1934년	· 그레이스 갤러틴과 이혼하고 줄리아 모스 버트리와
	재혼하다.
1937년	· 『표범을 사랑한 군인 : 역사에 남을 위대한 야생 동물
	들』을 출간하다.
1940년	· 자서전 『야생의 순례자 시튼』을 출간하다.
1946년	· 미국 뉴멕시코 자택에서 생을 마치다.

시튼의 동물 이야기 4

탈락 산의 제왕

1판 1쇄 찍음 2016년 2월 15일
1판 1쇄 펴냄 2016년 2월 25일

지은이 어니스트 톰슨 시튼
옮긴이 장석봉

주간 김현숙
편집 변효현, 김주희
디자인 이현정, 전미혜
영업 백국현, 도진호
관리 김옥연

펴낸곳 궁리출판 | **펴낸이** 이갑수

등록 1999년 3월 29일 제300-2004-162호
주소 10881 경기도 파주시 회동길 325-12
전화 031-955-9818 | **팩스** 031-955-9848
홈페이지 www.kungree.com | **전자우편** kungree@kungree.com
페이스북 /kungreepress | **트위터** @kungreepress

ⓒ 궁리 2016.

ISBN 978-89-5820-348-3   04840
ISBN 978-89-5820-354-4   (세트)

값 8,000원